LOS CANTOS DEL HÉROE
© Ángel Viviente Core
Diseño de portada: Dpto. de Diseño Gráfico Exlibric

Iª edición

© ExLibric, 2026.

Editado por: ExLibric
c/ Cueva de Viera, 2, Local 3
Centro Negocios CADI
29200 Antequera (Málaga)
Teléfono: 952 70 60 04
Fax: 952 84 55 03
Correo electrónico: exlibric@exlibric.com
Internet: www.exlibric.com

ISBN: 979-13-88255-47-2
Depósito Legal: MA 589-2026

Impresión: PODiPrint
Impreso en Andalucía – España

Nota de la editorial: ExLibric pertenece a Innovación y Cualificación S. L.

ÁNGEL VIVIENTE CORE

LOS CANTOS DEL HÉROE

ExLibric

ANTEQUERA 2026

Prólogo

Hay libros que se escriben porque el autor tiene algo que contar y otros que se escriben porque, sencillamente, no queda más remedio que hacerlo. *Los cantos del héroe* pertenece, claramente, a esta segunda categoría: nace de una necesidad interior, de una urgencia que no busca justificar su existencia, sino entenderla. No es una novela de aventuras, aunque esté llena de gestos heroicos; no es una sátira, aunque el humor atraviese muchas de sus páginas; no es tampoco una novela psicológica al uso, aunque penetre con minuciosidad en la mente de sus protagonistas. Es, sobre todo, un relato de conciencia, una indagación narrativa sobre lo que ocurre cuando el andamiaje que sostenía una vida se viene abajo y el sujeto se ve obligado a inventar —o a imaginar, por mejor decir— otra forma de estar en el mundo.

Desde las primeras páginas se advierte que el texto dialoga, de manera soterrada, pero persistente, con una de las grandes matrices de nuestra tradición literaria: *Don Quijote de la Mancha*. No se trata de un homenaje explícito ni de un juego erudito, sino de algo más profundo y orgánico. Como en la novela cervantina, aquí asistimos al nacimiento de una identidad alternativa que surge cuando la realidad se vuelve insuficiente y la imaginación se convierte en refugio, motor y peligro. El protagonista de *Los cantos del héroe*, como el hidalgo manchego, no huye del mundo por cobardía, sino por exceso de conciencia: ve demasiada injusticia, demasiada mediocridad, demasiada violencia banalizada.

Y, como el Quijote, decide responder no con cinismo ni con resignación, sino con un gesto que mezcla lucidez, delirio y una profunda aspiración ética.

La diferencia es que, si Cervantes situó a su héroe en los Campos de Montiel, en el horizonte de los libros de caballerías, Ángel Viviente lo sitúa en el barrio castizo de Lavapiés, y en el territorio simbólico del cómic y la cultura popular contemporánea. Los superhéroes cumplen aquí una función análoga a la de Amadís, Tirant, Orlando y compañía: son modelos narrativos que ofrecen un orden moral claro, una distinción nítida entre bien y mal, una promesa de acción eficaz allí donde la vida real parece estancada. Pero, como en el *Quijote*, la novela no se limita a reproducir ese imaginario, sino que lo somete a tensión, lo interroga y lo vuelve problemático. La pregunta, acaso, no es si el héroe existe, sino qué precio se paga cuando alguien intenta encarnarlo sin red en Lavapiés.

Este libro dialoga también, de manera natural, con las novelas anteriores del autor. Quien haya leído *La vida, un pierdepaga* o *Dos voces en las tierras rojas* reconocerá aquí una misma sensibilidad narrativa: la atención a los personajes desplazados, la mirada compasiva, pero nunca condescendiente, el interés por las grietas de la identidad y por los mecanismos —a veces invisibles— que empujan a los individuos hacia la derrota o la resistencia. Sin embargo, *Los cantos del héroe* va un paso más allá. Si en las novelas anteriores la fragilidad humana se exploraba desde el conflicto social o íntimo, aquí se introduce con más fuerza la dimensión simbólica: el relato se atreve a entrar en la zona limítrofe donde la imaginación deja de ser solo consuelo y se convierte en fuerza transformadora, incluso destructiva.

En *El silencio de tres generaciones*, su mejor novela hasta la fecha, Ángel Viviente explora el peso de lo heredado, el miedo y su silencio: aquello que no se dice, que se transmite por omisión y acaba configurando identidades marcadas por una lealtad muda al pasado. Una magnífica novela sobre el silencio ominoso, la cobardía, la impotencia y la memoria soterrada, la dificultad para romper una cadena invisible que atraviesa padres, hijos y nietos.

Los cantos del héroe puede leerse, en cambio, como el movimiento complementario y casi inverso. Si allí el conflicto nacía de lo que se calla y se soporta, aquí surge de lo que irrumpe y desborda. El protagonista ya no carga con un legado familiar explícito, sino con una herida más difusa y contemporánea: la sensación de inutilidad moral en un mundo injusto. Donde *El silencio de tres generaciones* examinaba la parálisis que produce la historia no resuelta, *Los cantos del héroe* se adentra en la explosión imaginaria que intenta compensar esa parálisis mediante una identidad heroica, aunque tronada.

Ambas novelas, leídas juntas, dialogan con claridad: una indaga en el silencio que inmoviliza; la otra, en la palabra y la fantasía que empujan a actuar. En el fondo, las dos plantean la misma pregunta desde ángulos distintos: qué hace un ser humano cuando la realidad que recibe —sea por herencia o por contexto— resulta insoportable y exige, de algún modo, ser transformada.

Uno de los grandes logros de *Los cantos del héroe* es su capacidad para mantener el equilibrio. El texto nunca se burla de su protagonista, pero tampoco lo idealiza. No patologiza de forma burda ni glorifica el delirio. Se limita a acompañar, con una cercanía casi fraterna, un proceso interior que resulta inquietantemente reconocible. Porque, en el fondo, todos hemos sentido alguna vez la tentación de pensar que el mundo necesita ser salvado y que alguien debería hacerlo ya, ahora, sin más dilaciones. La novela se pregunta qué ocurre cuando ese alguien decide que podría ser él mismo.

La galería de personajes secundarios, trazados con humanidad y precisión, sobre todo los migrantes, refuerza esta lectura. Son figuras que orbitan alrededor del protagonista no como simples comparsas, sino como anclajes a lo real, recordatorios de una vida compartida que sigue reclamando su lugar. En ellos hay humor, ternura, contradicción y también una sabiduría involuntaria que a veces resulta más lúcida que cualquier gesto heroico. Frente a la épica individual, la novela contrapone una épica menor, cotidiana, hecha de cuidados, silencios y pequeñas lealtades. Hay muchos personajes inolvidables en esta novela; Ángel Viviente tiene un sutil don para perfilarlos con ternura y precisión a través, sobre todo, del diálogo. No solo Cándido (nombre cantarín y significativo de su honda inocencia), el ingeniero de mediana edad, soltero, rutinario, expulsado del sistema laboral tras décadas de fidelidad. Vive una existencia gris, reglada, sin épica, sostenida por hábitos casi litúrgicos. Su «quijotismo» nace del desajuste entre una inteligencia técnica notable y una absoluta incapacidad para vivir simbólicamente en el mundo real.

En el lado sanchopancesco de la existencia, aparece Soledad, la tía, quiere ayudar, pero no sabe cómo acceder al abismo de Cándido. Encarna una compasión sin discurso. Miki, amigo y mediador social. Librero de cómics, más joven, extrovertido, hedonista, obsesionado con el dinero y el sexo. Es el contrapunto pragmático del idealismo de Cándido. Mercedes/La Sandy, hermana de Miki y dueña del bar Grease. Personaje muy potente. Mujer que ha construido una identidad alternativa (Sandy) a partir del mito cinematográfico. Vive performativamente, encarnando un papel que le da sentido y deseo. El Gordo, figura entrañable y simbólica. Hombre de gran tamaño físico y aparente tosquedad, pero con una sensibilidad profunda y una bondad elemental. Tiene dificultades de expresión, historia de desprecio familiar y baja autoestima. Es una suerte de «gigante bueno», protector involuntario del grupo. Funciona como espejo emocional de Cándido: ambos han sido invalidados por la figura paterna. Su ternura desarma cualquier juicio.

Y luego Mamadou, personaje clave y, en cierto sentido, el más luminoso. Migrante senegalés, joven, fuerte, sereno, marcado por el sufrimiento real que representa, frente a la fantasía del delirio y la realidad compasiva. Y, por último (*last but not least*), el gran Reed Richards, figura imaginaria, pero decisiva. Proyección ideal del protagonista. No es solo un superhéroe, sino una voz interior que legitima la ruptura con la identidad anterior. Funciona como tentador, guía y falso salvador. Su aparición marca el paso de la melancolía a la psicosis activa. Es el mito de la razón omnipotente llevado al extremo.

La prosa de Ángel Viviente se muestra aquí especialmente afinada y brilla en los diálogos, su punto fuerte. Directa, sin alardes innecesarios, pero capaz de sostener escenas de alta densidad simbólica cuando el relato lo exige. El humor aparece como defensa y como revelación; la crudeza, cuando llega, no busca escandalizar, sino decir lo que no conviene ocultar. Todo está al servicio de una historia que no pretende ofrecer respuestas cerradas, sino abrir preguntas incómodas.

Los cantos del héroe no es una novela tranquilizadora. Como el *Quijote*, deja al lector en un territorio ambiguo, donde la risa convive con la inquietud y donde la compasión no cancela el desasosiego. Pero precisamente por eso es una novela necesaria. Porque se atreve a mirar de frente una pulsión muy contemporánea: el deseo de sentido en un mundo saturado de información, de injusticia y de promesas incumplidas.

Leída desde la amistad, agradezco que me confiara la lectura del manuscrito. Esta novela confirma una fidelidad del autor a sus obsesiones más hondas y, al mismo tiempo, una valentía renovada para explorarlas desde nuevos registros. Repensada desde el amor a la ficción y a la literatura, se inscribe con naturalidad en una tradición que va de Cervantes a Stan Lee, Jack Kirby o Alan Moore en nuestros días, y se pregunta, una vez más, qué significa querer hacer el bien cuando el mundo parece no estar preparado para ello. Disfrutada, simplemente, como lector de buena narrativa, deja una sensación difícil de borrar: la de haber acompañado a alguien en un viaje arriesgado, delirante, humano, excesivo, piadoso y, por eso mismo, profundamente verdadero.

Ángel García Galiano
Profesor de Teoría de la Literatura
y Literatura Comparada
Universidad Complutense de Madrid

LOS CANTOS DEL HÉROE

La locura es el origen de las hazañas de todos los héroes
ERASMO DE RÓTERDAM

Canto I

Los orígenes

Nunca hubiera podido imaginarse que lo que le iba a ocurrir ese día le iba a cambiar la vida de esa manera.

Esa noche se había visto metido en una lucha atroz contra villanos diversos. Tal vez es lo que le produjo el dolor de espalda que ahora arrastraba. Y, ¡mierda!, se había despertado dos veces para ir al servicio. Eso no lo sufría antes. ¿Les ocurrirá eso a los héroes? No podía imaginárselo. Sus cincuenta y tres años le estaban pasando factura. Se había enganchado al último cómic de Marvel que se trajo de la librería de Miki, y se le hizo tarde para apagar la luz.

Tenía que darse prisa. Había hecho sus enjuagues y colocado en su sitio, con el fijador, los cuatro pelos que le quedaban. Hoy no le tocaba ducharse.

—Buenos días. ¿Qué tal ha pasado la noche? —le dijo a Soledad, su tía, con una leve inclinación de cabeza y un remedo de beso, que tan solo rozaba su mejilla.

—¡Huy! Nada nada, fatal. Toda la noche con los ojos abiertos —le respondió. Él sabía que eso era parte del ritual de las mañanas. La había oído roncar de forma tremenda en la habitación contigua a la suya.

En la cocina, ya le tenía preparados su leche con Cola Cao, sus trozos de pan, con la medida exacta para hacerlos flotar en el tazón, y su botella de agua de Vichy frente al vaso, como todos los días. Encendió la tele y se puso a ver las noticias. Como las de ayer. Aquello era insoportable. ¡Menuda manera de empezar la mañana! Lo mismo de siempre. Eran de 2024 e iguales que las de hace diez años. Guerras y mierdas diversas por todas partes, pensó. Le parecía que cualquiera de los héroes de sus cómics podría acabar con eso en dos patadas. Se los imaginó en Ucrania, luego se moverían a Gaza y después se reuniría con ellos a echarse unas risas mientras le contaban sus aventuras. ¡Hostias! Se me está haciendo tarde, pensó. Vuelve a la Tierra, Cándido.

Volvió a su cuarto, abrió el armario y, después de comprobar que sus cuatro piezas de ropa y las dos chaquetas estaban en su sitio, se vistió con rapidez. Camisa limpia, pantalón del traje un tanto gastado y corbata, gris, por supuesto. Todo se hacía en el más estricto orden, paso a paso, para no olvidarse de nada. Pañuelo limpio, gafas y llaves. Todo perfecto.

Se lavó los dientes y, al levantar la cabeza, contempló en el espejo a la misma persona que vio ayer, y anteayer, y el otro, y el otro. No veía al héroe por ninguna parte. Nada de cambios, todo lo mismo y, lo que era peor, sin esperar novedad alguna durante lo que quedaba de jornada, para volver a reiniciar el proceso al día siguiente.

Sintió que los tirantes le apretaban en la barriga. Tendría que aflojarlos un poco. Le describían la curva del estómago y caían muy tensos, sujetando los pantalones justo debajo de la tripa, en la parte en la que se desinfla. Todo ello le daba un aspecto rechoncho. Era de altura media y su andar, con los pies más bien separados y apuntando uno al este y otro al oeste, le recordaba al pato Dodo, de su querida *Alicia en el País de las Maravillas* de la infancia, lo que él considera su primer cómic.

Estaba engordando, eso estaba claro. Tenía que hacer ejercicio, se lo dijo el médico en su última visita. Sí, mañana, será mañana. Entonces empezará las tablas, pensó, pero sin acabárselo de creer del todo.

—Mira, Cándido, en la nevera te voy a dejar unas lentejas para que cenes. Es que hoy no sé a qué hora voy a llegar.

—Tía, otra vez. ¿Dónde va hoy?, ¿al bingo?

—Al cine con las amigas y, a la salida, tal vez piquemos algo. No me esperes.

—No para. A usted no se le va a caer la casa encima.

—Oye, que a mis ochenta y tres años ya me queda poco. Si no lo hago ahora… Vosotros, los jóvenes, os creéis que esto dura siempre. Pues no, esto se me acaba y hay que aprovecharse.

—¿Y qué van a ver?

—No lo sé. Las entradas las saca Petri que controla el internet ese. Aunque ya le he dicho que tiene que ser algo fuertecillo. Nos gustan las pelis con mucho sexo y morbo. ¡Anda que no nos hemos tragado bodrios ñoños y simplones en el pasado!

—Bueno, tía, que lo pasen bien. Se las va a llevar el diablo. Me voy al trabajo.

—¿El diablo? ¿Ese quién es? A mí que me lleve el Brad Pitt ese, que está muy bien. ¿Y tú? ¿No vas a salir hoy? ¿Qué vas a hacer cuando acabes? ¿Vas a ir con alguna chica?

¡Qué gracia! Una chica, se dijo. Cándido no respondió. Miró para otro lado y apretó el brazo de su tía a modo de despedida.

Salió de casa y se dirigió, como todos los días, al metro de Lavapiés. En el vagón iba acompañado de muchas otras personas.

Todas ellas serias, mirando sus móviles, estáticas y con rostros lejanos a la felicidad. Él era uno más de esos seres que se movían con un rumbo definido. De casa al trabajo y viceversa. Esa era su vida.

Al llegar, saludó a todo el mundo como es debido, se quitó la chaqueta, que reposó en el respaldo de su sillón, y se acomodó delante del ordenador. Lo abrió. Era una sala enorme donde apenas se veían los límites; filas de mesas unas al lado de otras, pasillos entre medias y biombos que las separaban. A su alrededor, los jóvenes se movían por todas partes con papeles en la mano y hablando con no se sabía quién, porque no se les veía el móvil por ninguna parte. Algunos charlaban entre ellos y parecían felices y triunfadores. Los chicos les hacían bromas a ellas, que reían a carcajadas. Todo era alegría. Estas gentes, llegadas hace nada a la empresa, parecía que iban a comerse el mundo. Se lo sabían todo y, si no, se lo preguntaban a Google y ya está, pensaba Cándido.

Se sentía igual que un burro en un garaje. Nadie le consultaba, nadie le decía nada. Era como si formara parte del mobiliario. Su mirada se quedó fija en una planta cercana que intentaba dar algún color a este lugar tan gris, anodino e impersonal. Se preguntó si habría alguien encargado de regarla, porque estaba claro que se secaba.

Sus jefes, sí. Ellos sabían que sus conocimientos sacaron a la empresa de muchos apuros. En algunas ocasiones, sus ideas para mejorar los proyectos recibieron el aplauso de sus superiores y sentía que era alguien imprescindible. A pesar de sus dificultades para relacionarse, sabía que la dirección contaba con él.

Desde que acabó su carrera de ingeniero con muy buenas notas y fue contratado por esa empresa, ya hacía casi treinta años, sus ideas e invenciones técnicas enseguida fueron acogidas con entusiasmo. Sin embargo, seguía en el mismo puesto de siempre, sin cambios, en la misma mesa, con los mismos papeles, con su mismo trabajo. Estaba empezando a entender la lapidaria frase que le decía su padre: «Este chico nunca llegará a nada».

Esa mañana le llamó el jefe a su despacho. Le entraron esos nervios que siempre trataba de evitar y que muchas veces le poseían. Ya está, seguro que va a haber algún cambio, nunca me llama, se dijo muy ilusionado.

Estaba sentado en su mesa delante de él. Su nombre es Paco. Hacía dos años que era su jefe, en torno a los treinta, podría ser su hijo. Era el típico jovencito que aspira a convertirse en tiburón de los negocios.

—Siéntate, Cándido, quería hablar contigo un momento.

Al sentarse, notó que el cierre del tirante le pellizcaba un pliegue de la tripa. Debería haberlo aflojado más. En ese despacho impersonal con mobiliario de IKEA flotaban malos presagios, o tal vez fuese que la calefacción estaba a tope.

—Usted me dirá —contestó.

—Verás, Cándido, la empresa está muy satisfecha contigo y con tu trabajo.

Paco cortó su discurso y dejó pasar un tiempo en el que, a la vez que unía la punta de los dedos y giraba los pulgares, miraba al techo circunspecto. Cándido, con disimulo, trató de colocarse el tirante lo mejor posible. Comenzó a sudar.

—El reloj no para, los tiempos no son los mismos y los retos que la empresa necesita afrontar requieren cambios —continuó.

Sí, ahora sí, se dijo Cándido, tal vez ahora me ofrezca que me encargue de algún departamento. Tal vez del de I+D, que es lo mío. Sin embargo, los largos tiempos muertos que dejaba Paco entre frase y frase le hacían pensar que este tipo no sabía muy bien cómo decir lo que tuviera pensado.

—Estos cambios nos exigen una reestructuración de la empresa. En algunos casos han de ser traumáticos, no nos queda otra. La empresa ha de buscar su lugar en el mercado.

Esa frase está en el libro de instrucciones que les entregan a todos los que entran en la empresa y se les identifica como futuros directivos, pensó Cándido. A él nunca le habían dado esa guía.

Va a ser eso, sí, va a ser eso, se dijo, moviéndose en la silla para encontrar la mejor posición. El momento lo requería.

—La empresa ha de rejuvenecerse y, de verdad, Cándido, que te agradecemos mucho el trabajo que has hecho en casi treinta años y ha decidido que te mereces un descanso, un reposo para que disfrutes lo que te queda por delante.

Paco se hundió en el sillón como si hubiera soltado un lastre que le asfixiaba o parido un hijo. Cándido se desencajó. Su cuello se arrugó sobre los hombros y le cambió la expresión. Ya le importaban un huevo los pellizcos que el tirante le estaba dando ni el calor ni nada de nada. Me echan, coño, me echan. ¡Estos cabrones me echan!, se dijo. Ya apenas pudo escuchar lo que siguió. Como en un destello, se imaginó machacando a su jefe-villano con su enorme puño de superhéroe, en bien de la humanidad.

—Mira, como reconocimiento, la empresa te va a dar una placa de honor y un reloj grabado con tu nombre. ¡Ah! Y, sobre todo, te va a dar una fuerte indemnización, acorde con tus años de trabajo, para que puedas llegar sin ningún problema a la jubilación que te mereces. Y, mientras tanto… ¡A disfrutar!

Al volver a su mesa los jovencitos salían a comer entre risas. Él desenvolvió el sándwich que, como todos los días, su tía Soledad le había preparado. El de hoy era algo con cierta apariencia de cartón. Era de jamón y queso, aunque el Bimbo estaba algo seco.

Canto II

La vita nuova

Todos sus ritos se habían venido abajo y el orden que tenía establecido se desmoronó. ¿Qué hacer con su vida? Acostumbrado a recibir instrucciones e indicaciones sobre en lo que emplear su tiempo, ahora se encontraba en el vacío, al borde de un precipicio, de cuyo fondo lo desconocía todo.

Se levantaba por las mañanas y se movía por la casa de un lado a otro, restregándose las manos sin saber qué hacer. A veces volvía a acostarse y entraba en un medio sueño que no le conducía a ninguna parte. No tenía amigos, no le gustaba el cine ni leer novelas. Con la única que hablaba, cambiando alguna frase que otra, era con su tía, que le miraba asustada y preocupada por su salud.

—Cándido, tienes que reaccionar. Hay muchas cosas que puedes hacer. Sal de casa, diviértete, conoce chicas, queda con ellas. No estés aquí parado como un pasmarote. El mundo no se acaba. Tienes dinero y tiempo. Muchos te envidiarían.

Todo era muy bonito, aunque nada de eso le atraía. Sentía que el mundo era una mierda y le había tratado muy mal. Con la única persona con la que hablaba de vez en cuando, aparte de con su tía, era con Miki.

A ambos les unía una gran afición por los cómics y le cae muy bien. Lo conoció en la librería en la que él los compraba, donde trabaja Miki. Es más joven que él, tal vez diez o quince años menos. Además de los cómics, la pasión de Miki eran las mujeres. A Cándido le parecía que eso era una obsesión malsana que no le conducía a ninguna parte. Sin embargo, era tímido y nunca se comía un rosco. Buscaba con ansiedad una novia en bares, bailes, con citas a ciegas y demás, aunque apenas obtenía nada de nada. Le encantaba el porno y su colección de DVD de este tema era imponente. Cándido piensa que se mata a pajas.

Muy pronto Cándido decidió que se iba a dedicar a ordenar todo el amontonamiento de cómics que guardaba. Los tenía ahí desde su adolescencia, acumulados sin ningún orden, año tras año. Las estanterías estaban llenas de ellos.

Se dedicó a organizarlos. Por temas, por fecha, por editoriales. Los de Marvel ocupaban dos paredes. Además, se impuso releerlos todos; algunos habían quedado en un rincón de su cerebro y apenas los recordaba. ¿Cuántos tendría? En un primer vistazo echó cuentas y pensó que pasaban de mil. Iba a ser un trabajo ímprobo.

Se compró camisetas de superhéroes y tiró los tirantes a la basura. Ante la preocupación de su tía, se olvidó de su barriga, que fue disminuyendo de tamaño porque apenas comía. A veces se miraba al espejo con una de esas camisetas puestas y no podía apartar de su cabeza el imaginarse una vida como héroe.

Cierto día, su tía entró en su cuarto y lo vio rodeado de cómics, en la mesa, encima de la cama y en montones dispersos.

—Cándido, veo que has encontrado algo que te entretenga. Eso está bien.

Él, en el suelo, abría y cerraba las páginas. Alzó la mirada.

—Hola, tía, ya ve, aquí ando. Estoy intentando organizarme. ¿Quería algo?

—No, es que cuando ayer entré a limpiar, vi todo esto y te cogí este cómic y lo leí antes de dormir. La verdad es que no me lo esperaba, me gustó —dijo Soledad, con uno en la mano.

Para Cándido, era la *tía solterona* que le cuidó desde que murió su madre. A él le vino muy bien, porque ella se encargaba de todo en la casa. Él no pegaba ni golpe.

Sin embargo, no le gustó que su tía le hurgase y descolocase sus cosas y entonces, sin armas para protestar, decidió que iba a poner un cerrojo en la puerta y controlarlo.

—Estupendo, tía, me alegro de que le gustase. Cuando quiera me lo dice y le dejo más —dijo, pensando que su tía estaba un poco rara.

Alguien llamó a la puerta. Soledad fue a abrir. En seguida Miki entró en la habitación.

—¡Hostia, Cándido! ¡Lo que tienes aquí! Seguro que mi jefe, el de la librería, te daría una buena pasta —dijo, con mirada asombrada.

—Ni de coña lo vendo.

—Pues te traía esto, me lo ha pasado mi jefe por si le interesara a alguien y pensé en ti. —Miki siempre estaba dispuesto a hacer favores, le gusta ayudar a la gente.

Cándido lo tomó en sus manos y entonces se le encendieron los ojos. Estaba muy sorprendido. Miraba, con cara de asombro, al cómic y a Miki. Lo abrió con sumo cuidado, como temiendo que se deshiciese en sus manos. Era una edición muy antigua y sus páginas estaban muy cuarteadas.

—¿Tú sabes qué es esto? —dijo al cabo de un rato.

Miki alzó los hombros con aire de desconocimiento.

—¡Joder, tío! Es el *Spiderman 1. Volumen 2. Un terrible enemigc,* del 1974. Está descatalogado. ¿Cuánto pide?

—Me ha dicho que cuatrocientos.

—¡Y una mierda! Dile que esto no vale más de trescientos. Si le interesa…

—Como quieras, se lo diré.

—Es que, si no, me voy a buscarlo a El Mono Araña, o a Neo Atlántica, o a El Coleccionista de Cómics, o tal vez a Akira o Elektra. Anda que no hay sitios en Madrid. Seguro que lo consigo más barato.

En esto entró la tía, con cafés y pastas.

—¡Ale!, dejaos de cómics y tomad algo.

Apartó algunos de la mesa para hacer sitio a la bandeja.

—Muchas gracias, doña Soledad —dijo Miki, lanzándose hacia las pastas.

—Por cierto, chicos, a mí me encantó ese que leí anoche de Wonder Woman —dijo Soledad.

Miki dio un respingo, alzó los brazos con una pasta en una mano y con los ojos muy abiertos hacia el techo y dijo:

—¡Dicooos! ¡Cómo está esa heroína! Es perfecta.

—Sí. Pues, no creas, Capitán América no tiene ningún desperdicio. Es muy guapo el chico ese —recalcó Soledad con una risita traviesa y tapándose la cara, ruborizada.

Cándido escuchó esos comentarios un tanto impasible y se reafirmó en que a su tía se le estaba yendo la olla. A él, el aspecto sexi de héroes y heroínas le traía sin cuidado. Su interés se centraba en sus poderes.

—Oye, Cándido, en una pelea de héroes, ¿tú quién crees que ganaría? —le preguntó Miki.

No lo sabía, no pudo responder, se encogió de hombros. Eso era algo que podría decir cuando tuviera organizado todo el material. Entonces, clasificaría y estudiaría los poderes de cada uno de forma matemática y se haría una hoja Excel con la información, con sus macros y todo. En algún momento lo iba a saber.

—Mira, Miki, eso requiere un prolongado estudio. Ahora no te puedo responder —dijo Cándido, algo molesto.

Miki insistía: le gustaría saber qué pensaba él de todo esto, porque lo veía muy metido en ese mundo. Le quería tirar de la lengua.

—A mí me parece que lo de los héroes está bien, como entretenimiento, digo, aunque no tiene nada que ver con la realidad. Para mí que aquí lo único que importa es la pasta.

—¿Y de qué te serviría eso? —replicó Cándido, con cierto aire de suficiencia.

—Pues mira, si yo tuviera una buena cantidad, me dedicaría a la bolsa, que creo que la controlo, y me dejaría de héroes y demás leches. Entonces tendría lo que quisiera, sobre todo muchas mujeres —concluyó Miki, riendo.

Cándido sorbió el café después de tragarse una pasta y no respondió. Le echó una mirada un tanto displicente y pensó: ¡Tú qué sabrás!

Canto III

El mundo exterior

Cierto día, cayendo la tarde, Miki apareció por su casa. Venía eufórico y acelerado y eso no era lo normal en él. Cándido seguía dando vueltas a los cómics, los repasaba y los colocaba cada uno en su sitio. Su Excel con todos los datos iba en progreso.

—Aquí tienes el cómic. Mi jefe acepta los trescientos. Dámelos y es tuyo —dijo nada más entrar.

Cándido no pudo evitar una sonrisa de oreja a oreja. Lo había conseguido, porque sabía que eso valía los cuatrocientos que le pidió.

—Y ahora vamos a celebrarlo. Te voy a presentar a mi hermana y a unos amigos. Ella tiene un bar de copas con un ambiente fantástico, ya verás —dijo Miki.

—Que no, hombre, que no, déjalo. No me apetece salir. Coge la pasta y ya está.

—Tú te vienes sí o sí —remarcó Miki, agarrándole de los hombros y empujándole.

—Eso, eso, llévatelo. Que salga de una vez —remachó Soledad, que se había acercado a la puerta.

El bar estaba cerca de su casa, en el mismo barrio. Desde la calle no se veía nada especial, era como tantos otros, salvo el nombre. Se llamaba Grease. Cándido seguía con sus dudas. No le apetecía nada entrar.

—Que no entro, que no entro. Que me voy a casa.

—Venga, hombre, pasa. Ya verás, lo vas a flipar —le dijo Miki, sin soltarle el brazo y casi empujándolo.

Al correr una cortina después de la puerta de la calle, se le descubrió un mundo lejano y no del todo desconocido. Las caras de Olivia Newton-John y John Travolta, enmarcadas y en grandes dimensiones, los recibían justo en la pared frente a la entrada. Una vez dentro, estabas en el mundo Grease.

Fotos de los dos protagonistas, sobre todo de ella, por todas las paredes, bailando, besándose, riendo, cantando. La música de fondo era insistente y recorría los números musicales de la película sin descanso, una y otra vez. El mobiliario, las luces, los adornos, todo de los años 70, era copia de lo que se veía en las fotos. En una gran pantalla colgada en una de las paredes, una película, sin sonido, corría de forma continua. Cándido, asombrado, lo miraba todo. Eran recuerdos de cuando aún era niño.

Entonces vio que alguien entraba en el bar y se dirigía hacia ellos. Era una mujer no mucho más joven que él, no muy alta, podría decirse que incluso bajita, más bien rellena, con el pelo rubio teñido con el mismo peinado que el de la Olivia de las fotos. Lucía un traje blanco de tirantes, con un amplio escote y una falda con vuelo por debajo de las rodillas. Su tripa estaba claramente presionada por el vestido. Cándido miró alternativamente a ella y a la mujer de la foto de enfrente, en baileoteo con Travolta, y era clavado, el mismo modelo.

—Mira, Cándido, te voy a presentar a mi hermana. Es la dueña de todo esto y su creadora, ¿no te parece un sitio especial? —le dijo Miki, sacándolo de su ensimismamiento.

—Hola, guapo, ¿cómo te llamas?

—Can… Can… Cándido —respondió él, con una tartamudez que nunca había tenido.

—Se llama Mercedes, Merce para los amigos —dijo Miki, riendo y dándole un par de besos en las mejillas.

—Y dale, Miki, mira que te lo tengo dicho. Que no me llames así. Yo soy Sandy, La Sandy. Así me conocen todos aquí —dijo La Sandy, acompañado de una colleja en el pescuezo de Miki.

—Sí, claro, vale. Pues, si quieres, a este le llamas Danny y ahora os marcáis un baile ahí en medio —repuso Miki, riendo.

—Pues no. Este no es mi Danny. Cuando venga el auténtico, algún día, ya lo reconoceré, ¿qué te crees?

Le llamó la atención a Cándido una foto de Olivia con un crespón y una vela encendida en una de las paredes.

—Ya veo que miras eso. Es que Olivia nos dejó el año pasado. ¡Qué desgracia! —dijo La Sandy, apesadumbrada.

—Como que Merce, perdón, Sandy, cerró el bar una semana. La peli ya la había visto cientos de veces, y durante ese tiempo no hizo más que verla una y otra vez. Se sabe de memoria todos los diálogos —dijo Miki, riendo.

—Bueno, vamos a tomar algo —dijo La Sandy con un mohín y cogiendo la mano a Cándido.

En la barra había un personaje muy alto, corpulento, con la cabeza muy grande y las manos inmensas. Era feo de narices. Jugueteaba con unas bolitas de cristal. Masticaba chicle y tenía enfrente una botella de litro de Coca-Cola. De vez en cuando, con sus manazas, aplastaba alguna mosca que se atrevía a posarse en el mostrador. Era lo más parecido al Herman de la familia Addams que había visto. Bebía de la botella de continuo.

—Hola, guapa —le dijo a La Sandy con una sonrisa muy tierna, mientras la abrazaba, y ella desaparecía dentro de ese corpachón.

—Hola, chiquitín, ¿qué tal estás hoy? ¿Se te fue el catarro?

—Sí, sí, ya estoy mejor. El jarabe que me diste me ha venido muy bien.

—Mirad, os voy a presentar; se llama Cándido, y a este lo conocemos como El Gordo. En realidad, nadie sabe cuál es su nombre, no nos lo ha dicho nunca —dijo La Sandy con una risa.

El Gordo abrió la boca y se rio a carcajadas. De tal calibre fueron que ahogó la música de Grease que estaba sonando. Tomó la mano de Cándido y se la apretó con gran sentimiento. Con tanto que estuvo tres días con dolores y cosquilleos en ella.

Miki le contó que a La Sandy le daba seguridad que El Gordo estuviera allí porque, de vez en cuando, había tenido que largar a algún patoso con dos copas de más. Le asignó algo de dinero por ese trabajo y él con eso estaba tan contento.

Cándido se sintió muy a gusto, tanto que al final se acostumbró a pasarse casi todos los días por allí; charlaba con Miki, La Sandy y también con El Gordo. Les fue tomando cariño.

El Gordo se sentía bien con él. Eran como el oso que cuida al osito. Cándido se dio cuenta de que no tenía mucha facilidad de palabra; le costaba expresarse, sin embargo, cuando lo hacía, le llegaba al alma. La Sandy decía que tenía un corazón mucho mayor que lo que le correspondía a su cuerpo, que ya era decir.

Cierto día, Cándido y El Gordo hablaban en la barra.

—Verás, Candi —que así le pareció mejor llamarle, porque decía que era más corto y fácil—. Mis padres no me han hecho nunca mucho caso. Yo creo que ya tengo más de treinta años, aunque no estoy muy seguro de eso y, cuando era niño, sufrí mucho.

—Y eso, ¿por qué? —preguntó Cándido.

—Mi padre me decía que yo no valía para nada, y tal vez tuviera razón. Soy torpe y me cuesta mucho pensar. Es que no me gusto, soy un desastre.

A Cándido eso no le resultó muy lejano. Le puso la mano en el hombro.

—No te preocupes, hombre. A mí, mi padre me decía que yo no llegaría a nada. O sea que estamos igual.

—Bueno, al menos me mantienen y a veces me pasan un dinerillo. Yo no les digo que trabajo para La Sandy porque, si lo dijera, seguro que ya no me darían nada.

A continuación, los ciento cuarenta kilos de El Gordo lanzaron sus risotadas que resonaron de nuevo en el bar, tomó la botella de Coca-Cola, se bebió de un trago la mitad que le quedaba y después lanzó una sonora flatulencia que se escuchó en toda la sala. La gente que había en el bar en ese momento no le dio mayor importancia. Parecía que estaban acostumbrados.

—¡Huy!, perdón. Es que a veces no controlo eso —dijo con gesto triste.

Cándido se quedó un poco sorprendido, y Miki, que pasaba por allí, le echó un brazo al hombro y le dio unas palmaditas en la espalda.

—Tranquilo, hombre, tranquilo, que Olivia también lo hacía, aunque no se notase tanto… y no digamos el Travolta —dijo, entre risas de los dos.

La Sandy intervino en la broma diciendo que eso era cierto y que, además, Sandy era mucho menos estrecha de lo que decía la película. En realidad, era muy abierta y se acostaba con quien le apetecía, igual que yo, dijo.

—Bueno, ahora nos vamos a hacer unos porritos —dijo Miki, sacando el material para liar.

Mientras, La Sandy se fue a bailar en la pista un *rock* con un señor mayor un tanto patoso. Este llevaba un vaso en la mano y le brillaban los ojos, fijos en el escote de La Sandy.

—No era Danny, está claro —dijo La Sandy cuando volvió de la pista—. Seguiré esperando —afirmó segura, mientras se encendía el porro que le había preparado su hermano.

Por mucho que La Sandy le insistiese, Cándido se negó a bailar. Eso no era para él. Al principio aquello de los porros no le parecía bien aunque, poco a poco, se fue aficionando. Primero uno, luego otro; y luego dos más. Aquello lo dejaba muy relajado y pudo comprobar que le permitía conciliar el sueño más rápido.

Cierto día, a la salida del Grease y ya entrada la noche, Cándido iba por el barrio hacia su casa. Apenas circulaba nadie por una calle estrecha y poco iluminada cuando un par de individuos se le pusieron delante, interrumpiéndole el paso. Los miró con cierta prevención y se echó la mano al bolsillo, donde guardaba la cartera. Aquellos le miraban fijamente con una sonrisa maligna.

—Hola, chavalote, ¿cómo estás? —dijo uno, a la vez que sacaba algo del bolsillo y lo escondía en su mano. El otro miraba a todas partes, un tanto nervioso.

—¿Qué queréis? —respondió Cándido, imaginando lo que iba a pasarle porque la pinta que tenían le daba mal rollo.

—No, nada, que somos de una ONG y queremos ver si quieres colaborar con nosotros. Con lo que puedas, con lo que tengas —dijo, dejando ver lo que parecía una navaja.

Cándido tembló. Sopesó todas las posibilidades y, dándose cuenta de que no tenía escapatoria, se echó la mano al bolsillo para sacar su cartera. Mejor pobre que muerto, se dijo.

—Buen chico, así me gusta. ¡Coño! Hay que compartir —alargando la mano.

Cándido iba ya a entregar su cartera cuando ocurrió algo sorpresivo. Una persona negra como el azabache, salió de un portal que estaba al lado, se les aproximó y dijo en un castellano un tanto básico, dirigiéndose a Cándido.

—¡Hombreee! Pepe, qué bien que venido.

Los otros dos se miraban extrañados. El chico era muy joven, tenía un cuerpo atlético extraordinario, con unos bíceps de impresión, la espalda ancha, muy alto y ni una brizna de grasa. Vestía una camiseta oscura y unos vaqueros muy gastados. Sus ojos eran impresionantes, redondos y muy negros. Era imposible no fijar la mirada en ellos.

—¿Querer algo de amigo Pepe? —dijo, dirigiéndose a los otros dos con una sonrisa.

Esos dos, sin decirse nada, se miraron el uno al otro durante un par de segundos y, de inmediato, salieron a todo correr calle arriba.

Cándido se quedó petrificado con los ojos fijos en aquel héroe salvador, sin saber qué decir.

—No llamar Pepe, ¿verdad? Jua, jua. ¿Cómo llamar? —dijo, riéndose y mostrando unos dientes blancos y refulgentes como las luces de Navidad.

—Ca, Ca, Cándido —dijo tartamudeando por segunda ocasión en poco tiempo—. Gracias.

—Nada, nada. No gracias, Ca, Ca, Cándido —riendo—. Yo Mamadou. Andar a tomar algo. Tú *nervoso*.

Entraron en un café cercano y allí Cándido pudo relajarse. Mamadou se pidió dos bocadillos de jamón y tres naranjadas que se tomó en un abrir y cerrar de boca, nunca mejor dicho. Se le notaba satisfecho y tranquilo.

Estuvieron más de dos horas charlando. Mamadou aprovechó para pedirse otro bocadillo de calamares y un café. Cándido sopesó que se había gastado casi lo mismo que si le hubieran robado, aunque lo daba por bueno, porque se sentía muy a gusto con este chico, que era muy afable y simpático.

Le contó que había llegado a Madrid hacía tres meses. Vino desde Canarias, donde arribó en una patera, que había salido de Marruecos un mes antes, en cuyo recorrido muchos que venían con él quedaron tragados por el mar. Hasta llegar desde su país, Senegal, al lugar en que se embarcó, atravesó Mauritania y el Sahara en condiciones muy penosas En ese viaje perdió todo el dinero que traía.

—No querer vivir Senegal. Mucha hambre. No trabajo. Estudiar hasta quince años y luego nada. No haber nada. Cansé. Juntar dinero y venir —decía—. Ahora aprender español y buscar trabajo. No papeles. Gustar aprender y querer trabajar. Aquí bien.

Todo lo que le contó le dejó muy impresionado. Cándido sintió verdadera lástima y un sentimiento de gratitud con su salvador se apoderó de él. Se prometió que iba a hacer lo que pudiera por ayudarle. Lo primero era coger sus datos e intentar algo.

—¿Dónde vives? —le preguntó.

—Cerca. Legazpi, en nave vacía, gente de Senegal. Sucic, ahora mejor. Nosotros limpiado —dijo.

Con dificultades, consiguió saber dónde se encontraba ese lugar.

Canto IV

La cueva

Así pasó un tiempo en el que Cándido se dejó llevar. Iba al Grease, hablaba con sus nuevos amigos y también les presentó a Mamadou, que fue muy bien acogido por todos. La Sandy incluso le ofreció unos euros a cambio de que, de vez en cuando, le limpiara el local.

—¡Qué bueno está este tío! —decía La Sandy—. Si no fuera porque es negro, podría ser Danny.

Sin embargo, Cándido no levantaba cabeza y su situación fue empeorando. Todo lo que hacía le comenzó a parecer fútil. De vez en cuando veía las noticias y estas le enfurecían. Eran despreciables tantas injusticias y, lo peor, que nadie hiciese nada por solucionarlo.

¿Se podría cambiar algo?, se preguntaba. Se sentía inútil y le embargaba un vacío vital que se le metía en las entrañas. No sabía qué hacer con su vida después de haber perdido el trabajo de siempre, en el que se encontraba a gusto. Todo lo que veía a su alrededor le repateaba y estos sentimientos fueron como un chispazo que le hicieron sufrir un cambio importante. Algo tendría que hacerse, cualquiera de sus héroes, hasta los menos poderosos, lo haría.

El desánimo le pesaba como una losa y llegó a tener ganas de morir. ¿Sería capaz de suicidarse? No ponía nombre a su malestar; no le apetecía hacer nada y cada vez comía menos. No tenía ninguna ilusión, hasta levantarse por las mañanas le costaba, se sentía pesado, y no por su barriga, que se había reducido. Era como estar fijo a la tierra y no poder moverse. Su padre tenía razón: no iba a llegar a nada en esta vida, eso se decía a veces.

Era una rabia contenida, sin salida por ninguna parte. Su conciencia flotaba sobre él y su desconexión con el exterior era total. Vivía metido en sí mismo, como los animales que se recubren de una concha para sobrevivir. Lo único que le animaba algo era la ingesta de porros, a los que ya se había aficionado por completo. Consiguió, a través de Miki, una buena cantidad y los fumaba de forma continua.

—Anda, Cándido, come algo. Mira lo que te traigo, la tortilla de patatas que tanto te gusta —le decía Soledad.

—Déjame, tía, no me apetece nada. Quiero estar solo.

Y así fue como, en una decisión muy pensada, optó por encerrarse en su habitación con el cerrojo que había instalado. Ese iba a ser su escondrijo, su caja pequeña, su hoyo profundo, su lugar de reposo, su cueva.

A partir de ese momento se zambulló del todo en el mundo del cómic, su único mundo. Leía y releía los cientos de ellos que tenía y que ya había catalogado y ordenado. Los héroes le hicieron compañía día y noche. Los fue conociendo a todos al detalle: sus características, sus poderes, sus aliados y también a los villanos del mal, aquellos que querían hacerles daño, aunque los héroes siempre salían triunfantes.

Consintió en que su tía le dejara un plato en la puerta que él recogía cuando sentía que sus pasos se alejaban por el pasillo. Comía muy poco, lo justo para no desfallecer. Miki también vino a verle, aunque se negaba a abrirle la puerta. Apenas dormía, dos o tres horas le eran suficientes. La higiene brillaba por su ausencia y procuraba salir al baño cuando sabía que su tía no estaba en casa, o cuando dormía.

Todo se pobló de héroes y villanos. Ese era su lugar y cada vez se iba convenciendo más de que así era la realidad. Charlaba con ellos, les transmitía sus dudas y preguntaba cómo actuarían en determinadas circunstancias. Aprendió muchas cosas y cuál era la vida en su mundo, que se convirtió en el suyo propio.

Además, estaba inmerso en el olor y la neblina producto de los porros. Era un mundo de ensoñaciones, como un viaje a un lugar exterior en donde gozaba de tan grata compañía; no necesitaba nada más. Sus luchas y sus aventuras las interiorizó, y se veía muchas veces formando parte de ese tropel de sensaciones, participando en sus peleas, como uno más. Y así un día tras otro.

Un cómic de Spiderman le observaba con una sonrisa cómplice desde una de las estanterías. Le impresionaba su fuerza, su velocidad y su durabilidad. Sus reflejos y su coordinación de movimientos, junto con el sentido arácnido que poseía, le hacían invencible. Lo veía desplazarse por las paredes y el techo de su habitación y alucinaba.

La piel indestructible de Luke Cage le parecía una maravilla. Si pudiera tener algo así, no habría ser humano que le venciese. ¿Cómo conseguiste ese poder?, le pregunta, sin obtener respuesta.

Y, ¿qué pensaba de Capitán América? Desde su reposo, sentado en una silla al borde de la ventana, Capitán América observa el exterior y le asegura que es capaz de ver lo que ocurre a kilómetros de distancia, incluso el movimiento de una hormiga. Me lo creo, decía Cándido.

Algo que le costó entender es cómo fue posible que Hulk consiguiese vencer a Reed Richards en *La guerra mundial de Hulk*. Para él, Richards era el más poderoso y, sin embargo… ¿qué te pasó, Richards?, le preguntaba.

Y así, días y días siguiendo las aventuras de Daredevil. Imaginó qué pasaría si pudiese tener los supersentidos agudizados de este héroe. Determina la composición de cualquier alimento o bebida siempre que esté en cantidades por encima de cinco miligramos. Huele a kilómetros la presencia de cualquier explosivo. Y no digamos su sentido de geolocalización y conocimiento de las artes marciales.

¿Y los vuelos supersónicos de Iron Man? ¡Qué maravilla! Lo ve desplazarse por los cielos en el exterior… de su cuarto, absorto.

Por las noches se asomaba a la ventana y, mirando la luna, quería imaginar la fuerza que en esos momentos tendría el Caballero Luna. Se dice que en luna nueva es capaz de sostener y mover doscientos kilos y en luna llena llega a las dos toneladas. ¡Qué barbaridad! A veces, hacía un rápido cálculo que, tal y como se mostraba la luna en cierto momento, le decía que debería de andar por los ochocientos kilos. Aunque eso parece poco al lado de la superfuerza de Miles Morales, que es capaz de sostener ocho toneladas. Y es que todo es relativo en el mundo de los superhéroes.

La aparición de estos le producía una sensación de bienestar sin par; sin embargo, en otras ocasiones, cuando eran los supervillanos los que le rodeaban, se veía inmerso en una lucha sin freno por toda la habitación. Los perseguía y trataba de espantarlos a manotazos, con sus energías desplegadas, y al final caía como un fardo sobre la cama. Al despertar se encontraba agotado, falto de descanso.

Se preguntaba cuál de estos superhéroes podría adaptarse más a él mismo, con quién se identificaría. Vio que la mayoría se caracterizaban por su superfuerza y esto le parecía muy ajeno a él. Sin embargo, había uno que casi siempre era invencible: Reed Richards. Su astucia era fascinante y, sobre todo, su inteligencia. Era ingeniero y experto en Física, Electrónica y Matemáticas, como él. Eso le hacía ser capaz de múltiples inventos con los que poder dominar a los villanos. Era maleable y se adaptaba a toda forma y situación. Eso tendría que desarrollarlo; con su ayuda se sentía capaz de llegar a hacerlo. Además, era inmune a cualquier poder psíquico. Le fascinaba. Tenía que hablar con él como fuera.

En todo este tiempo, Soledad se iba preocupando más y más. Apenas veía a su sobrino y, cuando en alguna ocasión se cruzó con él, vio en su semblante una expresión terrible. Los ojos muy abiertos y sanguíneos, la mirada extraña, una mueca en el rostro no le indicaban nada bueno. Se asustó.

Soledad se fue a ver a Miki a la librería donde trabajaba. Allí le vio, entre cómics, moviéndolos de un lado para otro, colocándolos y atendiendo a posibles clientes.

—Miki, estoy muy preocupada. Cándido está muy raro. Se pasa todo el tiempo metido en su habitación, apenas me habla, casi no come y sé que duerme muy poco. Ayer le vi la cara y la tiene muy rara. Su expresión me dio miedo —le dijo de golpe, siguiéndole, mientras que se movía por la tienda.

—Sí que está raro, sí. Hace mucho tiempo que no se pasa por el Grease.

—Miki —le dijo muy seria, tomándole del brazo y mirándole a los ojos—, creo que se está volviendo loco.

—¡Venga!, mujer, que no es para tanto —dijo Miki, queriendo tranquilizarla, aunque él también lo estaba pensando.

—¿Y qué podemos hacer? ¿Yo no sé a quién acudir?

Miki vio a esa mujer mayor tan asustada, tan débil, tan perdida en esta situación que no se le ocurrió más que decir:

—No se preocupe, señora, que nosotros, sus amigos, vamos a ir a su casa a ver si le podemos hacer reaccionar. Seguro que nos hace caso.

Y así fue. Un día Miki, El Gordo, La Sandy y Mamadou se presentaron en casa de Cándido. Soledad se llenó de esperanza.

La conversación fue un tanto extraña. Todos dijeron algo, eso sí, a través de la puerta cerrada, porque él seguía negándose a abrirla.

—Cándido, abre, soy La Sandy. Hoy estoy guapísima. Me he puesto así para ti, para que me veas.

Sin respuesta. Silencio absoluto.

—Y yo tu amigo, Mamadou. Querer decirte cosas.

—Iros todos a la mierda, ¡coño! Dejadme en paz —contestó Cándido, muy cabreado.

—¿Tiro la puerta? Es fácil —dijo El Gordo, ya empezando a coger carrerilla.

—Tranquilo, Gordo, tranquilo. No te pongas bruto —dijo Miki, sujetándole.

—Cándido, ¿te quedan porros? Tengo aquí un poco de maría —dijo La Sandy.

—Oye, que mi jefe dice que tiene dos números muy antiguos de Marvel de 1961 que te van a enloquecer —dijo Miki.

—¿Qué dices?, idiota, enloquecer. ¿Cómo se te ocurre decir eso? —dijo La Sandy, en voz baja, a la vez que le daba una colleja.

—No, no quise decirlo. Maravillar, que te van a maravillar —rectificó Miki.

—¿Sabéis lo que os digo? —dijo Cándido—. Que estáis todos locos.

El Gordo lanzó una de sus risotadas, La Sandy frunció los labios y se retocó el rímel con un espejito, Miki se encendía uno de los porros y Mamadou se disponía a hablar.

—Cándido, yo no estar loco. Padre y madre decirlo cuando irme de Senegal y yo no estarlo.

—Sí, todos locos. ¿No veis las noticias? ¿Habéis visto las injusticias, la gente pasando hambre, sin casas donde vivir? Niños muriendo, guerras por todas partes y muchos desesperados. Hay unos villanos cabrones que los están fastidiando bien. Y vosotros, ¿qué hacéis? Eso es estar loco. No hacer nada es estar loco.

Los cuatro se miraban unos a otros sin saber qué decir. Mamadou se movía por el pasillo, pensativo. Trataba de encontrar alguna salida.

—¿Tiro la puerta? —volvió a preguntar El Gordo, mientras se sacaba tres chicles del bolsillo, dispuesto a engullirlos.

—Tener razón, Cándido. Yo de acuerdo. Abrir y hablar qué poder hacer —dijo por fin Mamadou, pegado a la puerta.

Siguió un silencio, un largo silencio. La Sandy miraba con asombro a Mamadou. Cada vez le estaba gustando más este chico, pensó. Es muy mono y, además, listo.

—Muy bien —se oyó decir a Cándido—. Voy a abrir; solo puede pasar Mamadou. Si quiere entrar otro, tengo un arma que lo dejará paralizado durante tres horas. No lo intentéis.

El Gordo quería aprovechar la ocasión para darle un empujón y entrar todos. Miki se lo impidió y así fue como Mamadou entró en la habitación.

Pasó mucho tiempo. En la tensa espera, Soledad les llevó cosas para beber y unas patatas fritas. El Gordo se pidió una Coca-Cola y se comió casi todas las patatas. Mucho tiempo después, El Gordo se había tomado ya dos Coca Colas más, se abrió la puerta, salió Mamadou y volvió a cerrarse. Todos, expectantes, le miraban.

—¿Qué? ¿Qué ha dicho? —dijeron a la vez. Soledad gimoteaba.

Mamadou miraba para otro lado, dándose mucha importancia. El Gordo estuvo a punto de zarandearle para que hablara y no lo hizo porque entre Miki y La Sandy lo sujetaron.

—Siento. No decir nada. Prometido a Cándido —dijo Mamadou, moviéndose pasillo adelante hacia la puerta de salida.

Los demás corrieron tras él, sorprendidos. Soledad se quedó gimoteando, ahora más fuerte. La cueva siguió cerrada.

Canto V

Nace Reed Richards

Cándido se movía en medio de grandes dudas y desvaríos. Los porros le agudizaban la mente y hacían que su cuerpo fuera más sensible a todo. Sus percepciones eran más vivas y le invadían ensoñaciones que en cierto momento se hacían realidad. Casi podía palparlas con las manos. Se le aparecían las figuras que admiraba y también los villanos que le llevaban a estados de terror indescriptibles.

Esto le ocurría tanto en vigilia como adormecido. Muchas veces no podía diferenciar una situación de otra, de tal forma que todo era un continuo. Las noches eran largas; se extendían por muchas horas. En realidad, no era capaz de diferenciar el día de la noche, pues permanecía con la persiana de la ventana bajada.

Con frecuencia incluso sentía pánico. En las paredes flotaban las sombras que le amenazaban, en cuya presencia quedaba paralizado. En cierta ocasión, lleno de terror, tan solo fue capaz de meterse en la cama y taparse con las sábanas y las mantas, hecho un completo gurruño con sudores que le cubrían todo el cuerpo. Sentía que algo estaba a punto de pasar. Y entonces llegó la voz.

—¿Qué te ocurre, Cándido? —le dijo.

Lo escuchó con un eco extraño, como si hubiese pasado por filtros que le dieran un tono de gravedad y hondura desconocido.

Su miedo se convirtió en pavor. Se tapó la cabeza con la almohada y se encogió más aún.

—¿No me reconoces? Mírame. ¿Qué te pasa, Cándido? —volvió a decir.

Ahora el sonido retumbaba en las paredes y el eco mantuvo una palabra suspendida en el aire: mírame, mírame, mírame…

Con timidez, Cándido fue saliendo de su escondite, retiró la almohada, estiró las piernas, se deslizó por el lecho como un gusano que deja el lugar que le protege, como si saliera del rincón de una piedra que reposa a un lado de un camino o en el cauce de un río. Sin destapar su cabeza del todo, abrió los ojos por encima de la sábana y vio a aquel ser que se le presentaba, arrogante y a la vez benefactor.

Su mirada era complaciente, con un halo de comprensión hacia Cándido que, asustado, intentaba discernir el milagro que se le presentaba. Y lo reconoció. Cara angulosa de mandíbulas marcadas, ojos penetrantes, pelo más bien corto y arreglado. Una camiseta azul de manga larga, tan ceñida que le marcaba músculos y tendones de su torso y con un cuatro en el centro dentro de un círculo blanco, pantalones ajustados del mismo color, a modo de mallas, cinturón y zapatos negros. Era él, no cabía ninguna duda.

Ese personaje que se encontraba cerca de la puerta, a una cierta distancia de la cama, extendió un brazo que se alargó de manera inexplicable, sujetó la sábana y las mantas con una mano que se agrandaba y tiró de ellas. Cándido quedó desprotegido y se incorporó de la cama.

—¿Ahora sí?

—Sí, ahora sí. Eres Reed Richards —contestó—. Ya no tengo dudas.

—He venido a ayudarte. Creo que no te aprecias a ti mismo y eso hay que arreglarlo. Desconoces que tienes madera de héroe —dijo.

—¿De héroe yo? ¿Qué dices? Tú no me conoces —respondió Cándido, ya más calmado.

—A mí también me costó aceptarlo. Desde que aquella nube galáctica me dio los poderes y hasta que me di cuenta de lo que podría hacer, pasó mucho tiempo —dijo.

Se desplazaba como una sombra por la habitación, tocaba los cómics de las estanterías y hasta abría sus páginas y las miraba.

—Sí, ya, pero yo no tengo ningún poder —respondió Cándido, incrédulo.

—Eso es lo que tú te crees. Tienes la inteligencia y la sabiduría que controla muchos aspectos de la técnica. Estaré contigo y te aconsejaré cuando, en situaciones difíciles, lo necesites. Serás invencible, ya verás.

Cándido miraba a uno y otro lado de la habitación, se restregaba los ojos para intentar salir de ese sueño que le tenía preso. No acababa de creérselo.

—¿Quieres? Serías un héroe, el nuevo Reed Richards. ¿Quieres? —le insistió.

—Soy un cobarde. Tengo miedo. Mírame lo que soy. No llegaré a ninguna parte —imploró Cándido.

—Paparruchas. Eso es lo que dices, paparruchas. Te he elegido por algo y yo no me engaño.

—Es que mi padre me decía…

—¡Olvídate de tu padre!, ¡ya está bien! —le interrumpió Reed Richards en tono enérgico—. ¿Quieres seguir con la vida de mierda que llevas? ¿No vas a hacer nada por los débiles? ¿Vas a seguir permitiendo que los villanos sigan sembrando el mal?

Dudaba, no sabía si ese que le estaba hablando era tan solo un espejismo.

—Te repito, ¿sí o no? No te lo voy a preguntar más —le dijo, impaciente.

Cándido se miró las manos, de repente fuertes; tocó sus piernas y comprobó que los músculos estaban mucho más marcados que antes. Era sorprendente sentir que los de sus brazos estuvieran a punto de reventar las mangas de la camisa que llevaba puesta. Su abultado estómago le había desaparecido y los pectorales eran potentes. ¿Qué significaba esto? ¿Era real?

Dudó por unos momentos. Miraba a Reed Richards y a sí mismo. Cerraba y abría los ojos para comprobar que no estaba soñando. No, no estaba soñando. Tardó un tiempo en responder. Al final lo hizo.

—Sí, Reed, sí. Acepto —pudo decir Cándido antes de caer desvanecido sobre el lecho.

A la vez que caía dormido y esa figura desaparecía, le pareció oír unas palabras que flotaban en el aire: «Te llamarás Richards», y esa frase quedó allí, repitiéndose varias veces.

Cuando despertó al siguiente día, trataba de recordar todo lo que le ocurrió la noche anterior y se llenó de dudas. Exprimía sus pensamientos y le costaba asumir que aquello fuera cierto y real. De ser así, eso significaría que Cándido había muerto, que ese ser sería un don nadie del pasado, se decía. No, las cosas no pueden ser tan fáciles. ¿Cómo convertirse, así de repente, en un héroe al que nadie pudiera detener? Llamarse Richards, porque con ese nombre le había ungido su protector, y reunir todos sus caracteres y poderes, no podía ser algo que te llegara así de repente, ¿o sí?

Se incorporó de la cama y se vistió. La cabeza le daba vueltas, llena de interrogantes.

Sin embargo, también recordó que aquella figura le dijo que con su ayuda conseguiría todo lo que se propusiera. Estaba en su mano aceptarlo o no, porque había una lista interminable de injusticias y asuntos que arreglar en el mundo y, si ahora fuera un héroe, estaría destinado a resolverlas. Todos saben que esa es la misión de los héroes. Tal vez debería intentarlo, lo que significaba ponerse frente a los villanos en todo momento.

Se encaminó al pasillo y saludó a Soledad que le miraba anonadada.

—Hijo, ¿estás bien? ¡Qué alegría que hayas salido de la habitación! —le dijo.

—Sí, muy bien. Estoy a la perfección —contestó, a la vez que le plantaba un sonoro beso en su mejilla.

—¿Quieres el desayuno, Cándido? ¿Te preparo tu Cola Cao y la Vichy? —le dijo entusiasmada.

—No. Esas cosas se acabaron. Ahora soy otro diferente. Además, no me llames Cándido, ya no soy ese mindundi. Ahora soy Richards —contestó.

—¡Válgame Dios!, hijo, ¿qué estás diciendo? —dijo Soledad, frotándose las manos, muy angustiada.

—Adiós. Tengo cosas que hacer. No me esperes para comer.

Al salir, escuchó que ella lloriqueaba, a la vez que decía: «Jesús, Jesús, está loco, se ha vuelto loco. ¿Qué voy a hacer?».

Caminaba por la calle, sintiendo que una potencia nueva recorría su cuerpo, seguro de sí mismo. Su cara reflejaba una felicidad que no había sentido antes y pensaba que las personas con las que se topaba así lo reconocían. Ayudó a una señora a cruzar la calle; dio unas monedas a alguien que estaba en la acera con un bote delante, rodeado por los trastos que a buen seguro utilizaba para pasar la noche en el quicio de la entrada de un banco próximo.

La temperatura era baja, aunque él no sentía frío. Era febrero y eran fechas de carnavales, así lo mostraban los escaparates de las tiendas. El día era luminoso y las calles no reflejaban la presencia de villanos que pudieran hacer daño a alguien; sin embargo, él permanecía expectante, previsor, listo a prestar su apoyo a todo aquel que precisase de su ayuda. Recorrió la ciudad con la mirada tensa, no podía despistarse. En cualquier momento podría aparecer lo desconocido, seguro que el mal acechaba.

Ya caía la tarde y se sentía cansado. Los héroes también necesitan reposo. No había comido nada en todo el día. Lo único que le ayudó fueron un par de porros que se fumó en el banco de un parque, mientras, adormecido, contemplaba a los niños jugando, a las palomas revolotear de un lado para otro y las hojas de los árboles agitar sus sonidos al ser movidas por una ligera brisa que también rozaba su cara. Estaba anocheciendo y todo era perfecto.

Después atravesó algunas calles estrechas que desembocaban en una pequeña plaza del Madrid antiguo. Cuatro o cinco árboles difuminaban sobre el suelo las luces amarillas de algunas lámparas. No se veía a nadie.

Sin embargo, algo le llamó la atención. Alrededor de un banco, un grupo reía y gritaba y, al mismo tiempo, se pasaban una litrona que corría de unos a otros. A cualquiera le parecería un grupo de jóvenes en noche de botellón, aunque Richards ahora podía ver cosas más allá que el resto de los mortales. Sus pintas los delataban. Sin pensárselo, se fue hacia ellos.

—Os he pillado, villanos. ¡Entregaos a mí! —les gritó, según se les acercaba con paso resuelto.

Entonces vio como el diablo, sorprendido, alzó las cejas y asió firme un tridente. A Caperucita se le cayó la birra al suelo y le entró la risa. Un Superman con barriga prominente se abrazó al hombre lobo y dijo riendo: «Toni, protégeme». Había una vampiresa con labios centelleantes, ojos pintados de negro y que se estaba fumando un porro. La ovejita balaba repetidamente.

—Oye, gordito, ¿y tú de qué vas? —le dijo el fantasma.

—¿No me habéis reconocido o es que estáis acojonados?, lo cual no me extrañaría —respondió Richards.

—¡Huy! Qué susto, chavalote —le dijo la gamba—. ¿Quién eres?

—Bien lo sabéis, ¡malditos! Soy Richards, Reed Richards —respondió—. Bien que os conozco yo a vosotros. Ahora, dejad todas vuestras armas en el suelo, si no queréis que os destroce.

—¿Pues quiénes crees que somos? —dijo la vampiresa, en tono meloso y acercándosele.

—¡Maldita sea! —respondió Richards—. Tú eres Bruja Escarlata, aquel es Ronan, ese otro Thor, y el de más allá Thanos. ¿Qué os creéis? ¿Pensáis que me vais a engañar con vuestros disfraces? Os habéis reunido aquí para perpetrar algún mal. Lo sé.

Richards los veía abrir sus ojos a tope y cómo se miraban unos a otros sorprendidos. Él permanecía mudo y estático. Era cuestión de mantenerse firme.

—Venga, tío, dinos, ¿quién te ha enviado? Seguro que es el Manu, que quiere gastarnos una broma —dijo Caperucita.

—Eso es, eso es. Menuda gilipollez nos ha montado ese pajarraco —gritó el hombre de las cavernas delgadito.

—Yo a este me lo cargo. ¡Menudo imbécil! —dijo el conejito, con una careta con grandes dientes, al que se veía muy cabreado ya.

—A ver, tíos, vamos a pasar de este *tirao* que está como una cabra y vámonos ya al garito, que todavía vamos a ser los últimos —propuso Caperucita.

—Sí, majete, no nos vaciles más que ya ves que tenemos prisa. Lo que voy a hacer es comeeeeerte —dijo el hombre lobo, acercándosele y mostrando sus garras con unas uñas muy largas.

De inmediato, Richards, con mirada agresiva, se lanzó sobre él, lo agarró fuerte del cuello y consiguió tirarlo al suelo. ¡Ya te tengo!, decía al mismo tiempo.

Reaccionaron entre risas y ya todos se lanzaron sobre él. Lo rodearon y bailaban a su alrededor, luego lo zarandearon y, ni cortos ni perezosos, después de tirarlo al suelo, lo sujetaron por las piernas y los brazos y comenzaron a impulsarlo por los aires de arriba abajo, una y otra vez, entre carcajadas.

El superhéroe subía y bajaba y veía como las estrellas se acercaban y se alejaban. Todos reían a su alrededor, pero él no. Él consideraba que aquello era uno de los sufrimientos a los que a veces se ven sometidos los grandes héroes de sus historias aprendidas a lo largo de miles de lecturas. En algún momento el bien tendría que vencer, siempre había sido así y no iba a ser menos ahora, teniéndole a él como protagonista.

El problema es que Richards pesaba lo suyo y los villanos aquellos no pudieron evitar que se les escapase una pierna y un brazo y de inmediato cayera de forma estruendosa sobre el suelo, a la vez que se daba un golpe en la cabeza con el borde de un banco, perdiendo el conocimiento.

—¡Hostias! ¿Qué hacemos? ¿Estará muerto? —dijo la vampiresa.

—No, dejadme ver, que yo estudio Medicina —dijo el fantasma.

Los otros, asustados, le rodearon y, después de palparle el pecho y poner sus dedos en la muñeca y el cuello, dijo:

—Está vivo.

—Pues ahora mismo llamamos al 112 y salimos a toda hostia de aquí —dijo la ovejita.

Eso es lo que hicieron, y así fue como a Richards lo recogió una ambulancia que lo llevó al hospital donde lo reanimaron y lo dejaron en observación toda la noche. Este fue el final de la primera aventura de Richards en su lucha contra los villanos.

Canto VI

Cómics y villanos

La Sandy, Miki, El Gordo y Mamadou estaban sentados en el salón de la casa de Soledad. Ella los llamó para contarles lo que le dijeron en el hospital, lo que le explicó el médico que atendió a Cándido.

Con las cabezas agachadas, miraban compungidos al suelo según ella les decía. Le dijeron que estaba bien, que en principio no tenía nada afectado, pero que, por el golpe recibido en la cabeza, el protocolo era quedarse allí en observación una noche. Al día siguiente, casi seguro que le darían el alta. Nadie supo decir cómo pudo haber tenido ese accidente.

Cuando Soledad, con ojos llorosos y enrojecidos, acabó de hablar, se quedaron mudos. Poco a poco fueron reaccionando. Comenzaron a mirarse unos a otros, estupefactos y sin saber qué decir.

—Venga, Mamadou, ¡coño!, dinos qué te dijo Cándido el otro día en su habitación —gritó de repente La Sandy, muy alterada.

—Dije que no contar. No poder decir —respondió Mamadou muy nervioso y agobiado.

—Vamos a ver, negrito, dinos qué pasó o, si no, ya no vuelvas al Grease. Esto es importante —respondió La Sandy, ya cabreada.

Mamadou movía su cabeza de un lado a otro. Miraba al techo, al suelo y recorría con su vista a los demás. Soledad le escrutaba con ojos implorantes. No pudo resistirse.

—Vale. No decir que yo dicho. Prometer.

—Que sí, que sí, ¡joder! Que no le diremos nada. ¡Habla! —le gritó El Gordo.

—Pues decir que querer ser héroe y pelear contra las injusticias y los villanos. Querer ayudar a los indefensos y hacer el bien.

—¿Y qué más? —preguntó Miki, impaciente.

—Yo decir, por tranquilizar, que a mí parecer bien —respondió Mamadou —. A mí parecer raro eso y estar muy *nervoso*.

Hubo un tiempo en que todos le miraban expectantes y a El Gordo se le pasó por la cabeza darle un mamporro. La Sandy le cogió el brazo y lo frenó.

—Él decir que yo ser fuerte y que, si ayudarle, poder venir a vivir aquí —dijo Mamadou.

—¡Anda!, ¡qué gracia! Sí, y luego, ¿qué? —intervino Soledad—. Mira qué simpático. ¿Y yo?, ¿a mí no me pregunta si me parece bien que vengas?

—Yo no entender nada, no saber. En Legazpi, policía echado de nave y no tener donde ir. Le dije que sí. Y entonces luego decir que nombrar ayudante. Quedar muy tranquilo y dar abrazo.

—O sea que crees que vas a vivir aquí —dijo Soledad—. Pues vaya historia. Lo siento, Mamadou, eso no puede ser.

—Yo traer hoy mis pocas cosas. No molestar. Poder cuidar de casa, cocinar comidas de Senegal, comprar. Yo limpiar Grease también y ayudar. Todo bien. Contentos.

La Sandy puso su mano en la musculosa pierna de Mamadou, le encantaba este chico, y Soledad se quedó pensativa. Mirándolo bien, estaba un poco harta de hacerlo todo ella. Se sentía mayor y Cándido no colaboraba nada en la casa. Una ayuda como esa tampoco le vendría mal. Y parecía buen chico.

—Bueno, vale. Vamos a probar un tiempo y luego veremos —concluyó Soledad.

—Pues arreglado. Y ahora, ¿qué hacemos con Cándido? Está mal, ¿no? —dijo Miki, entristecido.

A continuación, vinieron nuevos lloros de Soledad. La Sandy la abrazó, gimoteando. El Gordo se abrazó entre lágrimas a Miki, al que también le dio por llorar. A Mamadou, en un principio, le pareció que eso era un poco exagerado, aunque, viendo a los demás de esa guisa, se le empezaron a humedecer los ojos. Todos acabaron llorando.

—A mi sobrino se le ha ido la cabeza. Está claro. ¡Si mi hermana lo viera así! Pobrecilla. No es el mismo. Y la culpa de eso la tienen esos malditos cómics de su habitación. Le han removido los sesos —dijo Soledad.

—Es verdad. Eso le ha sentado muy mal. Está un poco loco por eso —dijo Miki, mientras todos movían la cabeza de arriba abajo.

—Tirar cómics —intervino Mamadou—. Si ser así, tirar cómics. Ser malos para él.

Todos abrieron los ojos como si se les hubiera aparecido la Virgen y les descubriera el secreto de la vida.

—Eso, eso. A tirar, a tirar —dijo El Gordo, que se fue a todo correr hacia la habitación de Cándido.

Llegaron allí y, enloquecidos, comenzaron a bajar los cómics de las estanterías. No podían evitar echarles un vistazo. Aquel material era digno de un coleccionista, algunos de ellos eran auténticas joyas de la historia del cómic. Al más entendido, Miki, se le caían las lágrimas al ojearlos. Le parecía increíble tirar todo eso.

Soledad trajo una cinta de empaquetar y sin ningún miramiento iba haciendo montones con ellos.

—No, este no, que pagó por él trescientos euros. Este se lo dejamos —dijo Miki.

—Nada, que no quede nada aquí. ¡Fuera con él! —gritó Soledad.

—Pues me lo llevo yo. Y, además, también cojo todos los de Wonder Woman. ¡Son joyas! —siguió Miki.

Seguían amontonando y encintando cómics y más cómics.

—Pues a mí dejadme los de Capitán América, que me encanta ese chico —dijo Soledad con una risita pícara —los esconderé en mi habitación.

—Pues estos de Los 4 Fantásticos me los llevo yo. Son muy buenos —dijo La Sandy.

Los montones encintados se quedaban en un rincón, y también se fueron haciendo otros tres para Miki, La Sandy y Soledad.

—Hulk es grande y gordo como yo, o sea que ¡me los pido! —concluyó por fin El Gordo, que no iba a ser menos que los demás.

Al final, todos salieron de allí con los cómics que cogió cada uno y otros para tirar al contenedor. La habitación de Cándido se quedó vacía. Soledad puso en las estanterías unas plantas que tenía en pequeñas macetas. Estaba asustada. ¿Qué pasaría cuando Cándido viera eso? Mejor que Mamadou estuviera aquí.

—Yo no molestar —dijo Mamadou, después de acoplarse en el sofá cama del salón, de arroparse con una manta que le dejó Soledad y de despedirse de ella—. Yo dormir.

Avanzada la noche, Soledad salió al salón y contempló a Mamadou, que ya dormía con placidez. Su cara de ébano emitía un brillo especial, iluminada por un rayo de luna que atravesaba el balcón. Era magnífico.

Recordó su juventud y a los hombres a los que en algún momento no supo apreciar. Entonces le parecían el demonio personificado. ¿De dónde le vendría esa idea? Sin embargo, en el ministerio donde trabajaba como secretaria tuvo muchas oportunidades. Recuerda que, a veces, había algunos que venían con la excusa de que les hiciera fotocopias. Ahora piensa que tal vez buscasen algo más que eso. En aquellos tiempos tan solo tenía ojos para Raphael y Julio Iglesias, sus ídolos. Todavía guardaba en su habitación las revistas del corazón en las que posaban con sus parejas y admiradoras. En cierta ocasión, al finalizar un concierto, Julio le firmó un autógrafo. Todavía lo guarda en un cajón de su mesilla. Algunas noches besa ese papel.

Al día siguiente, cuando Soledad y Mamadou acababan de desayunar, apareció Richards. Caminaba con pasos un tanto inseguros.

—Pero, hijo, ¿cómo has venido solo? Haberme llamado y te hubiera ido a buscar —dijo Soledad, abrazándole.

—Estoy bien, a la perfección. ¿Alguien puede creer que un simple golpe en la cabeza afecta a un héroe? Quise irme de ese antro a medianoche, pero dos villanos me lo impidieron y al final tuvieron que atarme a la cama con correas.

—Cándido, ¿qué decir? ¿Verdad estar bien? —dijo Mamadou.

—Tan solo me duele algo la cabeza y la espalda, será por la lucha que mantuve para no dejarme atar, creo que voy a echarme un rato —replicó Richards.

Soledad y Mamadou se miraban y lo miraban a él, temerosos por lo que les iba a esperar cuando entrase en su habitación.

—¿Qué tal te encuentras, Cándido? ¿Estás bien? —le preguntó Soledad.

No respondió nada. Lo primero que hizo fue encenderse un porro que llevaba en la chaqueta y a continuación lanzó una sonrisa a Mamadou. Soledad le cogió del brazo y, solícita, le acompañó por el pasillo. Mamadou, temeroso, iba detrás.

Al entrar, los ojos de Richards se encendieron. Unas venas muy llamativas se le hincharon en el cuello. Miraba y miraba a su alrededor, a las paredes, a la mesa. Sus ojos se abrían asombrados. Soledad permaneció unos minutos sin decir nada, con la cabeza agachada, se frotaba las manos. Mamadou no sabía qué hacer, perdido en ese silencio que duró un tiempo.

—¿Qué ha pasado? —dijo Richards después, mirando a Soledad con ojos interrogantes.

Ella miraba a Mamadou, al techo, a las estanterías. No decía nada.

—Unos venir anoche y llevar todo. Creer que ser policías. Nosotros asustados. No saber qué hacer —balbució Mamadou por fin.

Los ojos de Richards se medio cerraron, inquisitivos. Frunció el ceño y resopló.

—¿Cómo eran? —preguntó.

—Raros, ser raros —dijo Mamadou.

—Sí, eso, muy raros —corroboró Soledad, nerviosa.

Después vino un nuevo silencio a la vez que Richards daba unos pasos por la habitación, tocando las paredes y las estanterías, ahora vacías. Entonces, se volvió de golpe hacia ellos, levantó una mano con su dedo índice, apuntándoles.

—¿Cuántos eran? —preguntó.

—Tres, eran tres —dijo Soledad.

—Sí, eso, ser tres —dijo Mamadou.

Siguió Richards escrutándolo todo, como si los cómics estuvieran escondidos tras las paredes. Su cara se tornó agresiva.

—¿Era uno fuerte, con el cuerpo blindado y con un casco-máscara? —preguntó.

Soledad y Mamadou abrieron sus ojos, sorprendidos. Se miraban y alzaban sus cejas, extrañados. Por fin, Soledad reaccionó.

—Sí, sí, así era uno —dijo por no llevarle la contraria.

—¿Tenía otro una capa roja, pelo largo rubio, ojos azules, malla azul, casco alado y coraza? —volvió a preguntar.

—Sí, ser así —dijo Mamadou, siguiéndole la corriente.

—Y el tercero, ¡ay!, el tercero ¿Era un monstruo poderoso, con coraza y potente dentadura? —preguntó Richards, ya muy seguro de la respuesta.

—Sí, sí —gritaron a la vez Soledad y Mamadou.

Richards sonrió satisfecho. Había descubierto el secreto de una acción espectacular de esos villanos en su propia casa. Dio unas palmadas y se lanzó de golpe de espaldas sobre la cama, haciéndola crujir. Se le empezaron a cerrar los ojos. Aún pudo decir algo.

—Está claro —dijo—. Esos eran Ronan, Thor y Thanos. Los mismos con los que combatí en desigual lucha la otra noche y que me dejaron maltrecho. No hay duda, vinieron a vengarse y a advertirme de que me ande con cuidado. ¡Se van a enterar de quién es Richards!

Al escuchar eso, Soledad volvió a llorar. En el fondo pensaba que tal vez el golpe en la cabeza hubiese arreglado a su sobrino, como el que golpea a una radio vieja para que vuelva a funcionar.

Ahora veía que esto no era así. Richards se quedó dormido, y Soledad y Mamadou salieron de allí compungidos.

Esa noche Richards durmió y soñó. Despertaba y todo se le liaba en la cabeza. Últimamente los sueños y los estados de vigilia se mezclaban. Ahora, después de los últimos acontecimientos, su percepción de la realidad era más confusa. Su nueva personalidad se había apoderado de él, y muchas veces confundía las cosas. En ocasiones oía voces y hasta veía imágenes en las paredes de la habitación.

En cierto momento se dio cuenta de que él estaba allí de nuevo.

—Hola, Richards. Has estado magnífico —le dijo, desde una de las paredes.

—¿Eres tú otra vez? —respondió entre sueños.

—Ya lo sabes. He venido a verte y a felicitarte.

—Pues no entiendo por qué me felicitas. Menudo desastre.

—Fuiste muy valiente enfrentándote a todos esos villanos.

—Hice lo que pude, sin embargo, no salió bien. Y para colmo me han robado los cómics.

—Eso es lo de menos. Los tienes todos en la cabeza, y eso no te lo pueden quitar.

—Eso es cierto.

—¿Has aprendido algo?

—Sí. Que son muy fuertes y que necesito estar más preparado.

—¿Solo eso?

—¿Qué más puedo hacer? Son implacables.

—Richards, necesitas apoyos. Necesitas un equipo. También yo me di cuenta de eso en su momento.

—¿Apoyos?

—Sí, otros héroes que te ayuden. Los precisas.

La figura desapareció y Richards volvió a dormirse. Las palabras de Reed Richards se le quedaron en la cabeza, le daba vueltas y más vueltas y cada vez lo veía con más nitidez: Reed Richards nunca estuvo solo en sus aventuras.

Vio claro que era urgente poseer algo más que su propia inteligencia y poderes. Necesitaba a Los 4 Fantásticos.

Canto VII

Nacen Los 4 Fantásticos

La Sandy se desplazaba contoneándose con soltura por el centro de la pista y la gente hacía corro a su alrededor. Mamadou, sentado en la barra, miraba con asombro. Era el día de actuación de La Sandy y los *fans*, todos muy entrados en años, no se lo perdían.

Top negro ceñido con los hombros al aire y escotazo. Pantalón también negro y ajustado. Zapatos de tacón altos de color rojo. Cigarro en la boca que, de súbito, a la vez que la música comenzaba a sonar, lanzó al suelo y lo espachurró con un pie con mucha chulería. Puso los brazos en jarras sobre los rollitos de la cintura con una rodilla ligeramente doblada, y entonces comenzó a bambolear de un lado a otro las caderas, al ritmo de una música que sonaba *in crescendo*. La Sandy se lanzó cantando y dando saltitos sin apartar sus ojos de Mamadou.

> *Tengo escalofríos, se están multiplicando*
> *y estoy perdiendo el control,*
> *porque el poder que estás supliendo*
> *¡es electrificante!*
> *¡Ponte en forma!*
> *Porque necesito un hombre*
> *y mi corazón se ha fijado en ti,*

mejor que te pongas en forma,
mejor que entiendas. Porque…
tú eres al que quiero…
Oh, oh, oh, honey
Tú eres al que quiero…
Oh, oh, oh, honey
Tú eres al que quiero…
Oh, oh, oh, darling.

El baile siguió durante un tiempo que a Mamadou se le hizo eterno. Todos le miraban y su tez oscura se le iba cambiando a un color indefinido. Con una sonrisa forzada, tal vez hubiera llorado del sofoco que tenía. El resto no paraba de aplaudir y reír. El Gordo, comprensivo, fue hacia él y lo acogió en sus brazos.

Richards acababa de entrar. Vestía una gabardina larga, con las solapas subidas, gafas de sol y un sombrero calado hasta las cejas. Andaba con sigilo, mirando a todas partes con recelo. Tenía claro a lo que había ido allí y no pensaba irse sin conseguirlo. Todo lo demás le parecían simplezas. Contemplaba todo aquello con una cierta lejanía. Se acercó a Miki.

—¡Hombre! Cándido… perdón, Richards —rectificó Miki, al ver sus cejas elevarse.

—¿Habéis visto a alguien sospechoso? —masculló Richards, con una mano tapándose la boca.

Miki encogió los hombros.

—¿Estáis todos aquí? —prosiguió Richards, sin esperar la respuesta.

—Sí, claro, ya has visto la actuación de La Sandy. Y ahí tienes a El Gordo y a Mamadou en la barra.

—Creo que los villanos me vigilan. Hay que tener mucho cuidado —dijo Richards en voz baja y acercándosele.

Vio la cara de asombro de Miki.

—Me urge hablar con vosotros —dijo Richards, a la vez que se dirigía hacia los demás.

En la barra, Richards, con la cabeza agachada, se bebió un agua de Vichy que hacía tiempo no probaba y que La Sandy le puso sin preguntar, El Gordo y Mamadou le miraron un tanto perplejos y La Sandy aceptó que se reunieran cuando cerrara el local.

Allí estaban todos después, sentados alrededor de una mesa, muy serios, porque nadie sabía lo que Richards les iba a contar, y muy nerviosos también.

Había un silencio sepulcral; tan solo se oía el sonido de una mosca que El Gordo perseguía con la vista y luego a manotazos. Miki y La Sandy compartían un porro. Mamadou con las manos en la mesa, como si estuviera esperando a que le sirvieran un plato de algo. Richards rompió a hablar.

—¿Has cerrado bien todas las puertas, Sandy? —preguntó Richards, aún sin retirarse las gafas y el sombrero.

La Sandy asintió con la cabeza y miró a Miki con gesto sorprendido. Richards se quitó las gafas y, clavando su mirada en ellos, uno tras otro, prosiguió de golpe.

—Decidme, ¿qué buscáis en la vida? —dijo directo y tajante.

Se quedaron un tanto perplejos, sin saber qué decir. Nadie parecía estar dispuesto a responder a tamaña pregunta. Después de un rato, alguien habló.

—Yo querer papeles. Para trabajar y todo bien —dijo Mamadou, mostrando sus dientes con una amplia sonrisa y muy seguro de sí mismo.

La Sandy le lanzó un beso con la mano. Qué mono es, pensaba. Los demás parecían que se fueran animando.

—¡Menuda pregunta! Yo quiero una novia, una amante, o lo que sea... ¡Una mujer, coño! —dijo Miki.

—Yo espero que llegue mi Danny. ¡Estaría guay! —dijo La Sandy.

—Y tú, Gordo ¿Qué quieres tú? —le preguntó Richards.

El Gordo miraba a unos y a otros y el labio inferior le comenzó a temblar, se frotaba las manos y agachó los ojos. Al rato susurró algo que impresionó a todos.

—El problema, mi problema, es que no sé qué quiero —dijo mientras se le saltaban las lágrimas.

Miki le dio unas palmaditas en la espalda y Mamadou le lanzó una sonrisa.

—Pues veréis, con lo que os voy a proponer vais a poder conseguir eso y mucho más, sin límites.

—¿Robar banco? —dijo Mamadou, que ya se esperaba cualquier locura.

Todos lo miraron asombrados. ¡Ay!, chiquitín, qué cosas tienes, pensó La Sandy, que no le quitaba ojo. Una sonora carcajada salió de la bocaza de El Gordo, que se bebía sus Coca-Colas de rigor, sin cortarse un pelo.

—¡Ja! —repuso Richards—. Lo que os propongo es mucho más que eso. Lo que os pido es que nos convirtamos en un equipo que se enfrente a las injusticias, ayudando a los débiles y enfrentándonos contra los villanos que nos rodean. ¿No veis la de maldades que hay por el mundo? ¿Aquí mismo?

—¡Ay, sí! ¿Como el grupo ese del cómic que se llaman Los 4...? —dijo La Sandy.

—Fantásticos. Los 4 Fantásticos. Eso os propongo que seamos. Yo soy Richards y me faltan tres personas para completar el equipo. Los cuatro seremos héroes. Los villanos son terribles y poderosos y necesito vuestra ayuda para pelear contra ellos.

Todos se quedaron petrificados. Eso no se lo esperaban. Veían que la locura de Richards no tenía límite. Se miraban y alzaban las cejas. Miki se echó el índice a la sien y lo giró con disimulo para que su hermana lo viera.

—Y con eso, ¿qué sacaríamos? —preguntó La Sandy, por seguirle el rollo.

—Mira, Sandy, si lo hacemos, pronto nos haremos famosos y seremos queridos por toda la gente. Nos llenarán de agradecimientos y premios. Tú podrás elegir al Danny que te venga en gana, ya lo verás. Te lloverán pretendientes —respondió Richards.

La Sandy entornó los ojos. La verdad es que, con la edad que tenía, se le iban acabando las opciones de encontrar Dannys y, cuando lo tuviera delante, estaría tan achacoso que no iba a poder bailar ni un minuto, caería destrozado.

—Y tú, Miki, te vas a forrar con el dinero que conseguiremos con las recompensas que nos darán y entonces podrás dedicarte a la bolsa, como querías, y con eso te lloverán las mujeres, tendrás las que quieras, te las tendrías que quitar de encima de continuo —siguió Richards.

Miki se lio un porro y se cogió otro güisqui. Eso no se le había ocurrido, no señor.

—Y tú, Gordo, no tienes nada que perder y mucho que ganar. Nadie ya se reiría de ti, más bien te convertirías en el héroe de los niños.

—Sí, a mí me gustan los niños. Son muy simpáticos y ahora me huyen.

Se miraban los tres y abrían los ojos, sorprendidos. Parecía que estaban convenciéndose unos a otros, incluso alguno meneaba la cabeza ligeramente de arriba abajo.

—Conmigo no contar —dijo Mamadou, al que todo aquello le estaba pareciendo surrealista. En su país esas cosas no pasaban—. Y yo solo querer papeles, trabajar y luego estudiar carrera, sin ir a clases, con ordenador, que me han dicho que poder ser.

—Por supuesto, Mamadou. Tú tan solo serás nuestro apoyo. Poco apoyo nos darás, aunque algo es algo. Además, Los 4 Fantásticos, como puedes entender, son solo cuatro, ya lo sabes. Tal vez podrías ser Pantera Negra, un aliado —remarcó Richards.

—Sí, claro, Pantera Negra —dijo Mamadou, al que todo eso le parecía un disparate. ¡Estaba él como para estas locuras! Le pillaría la policía y le pondrían de patitas en el aeropuerto.

Richards los veía dudosos; se miraban y no acababan de convencerse, aún les faltaba un empujoncito definitivo. Los héroes a veces tienen dificultades. Todo no era fácil.

—A ver, chicos, ¿os parece bien la vida que lleváis? ¿Os parece bien seguir así hasta que os hagáis viejos y moriros, sin que nadie os agradezca nada ni os recuerde? ¿No sería mejor que hicierais algo importante en la vida? Os ofrezco una existencia de héroes. Pensadlo.

Pasó un rato en el que todos permanecían pensativos. De pronto, El Gordo se levantó, fue hacia Richards y le dio un abrazo —este hombre siempre está abrazando, pensó Richards—.

—Sí, cuenta conmigo —le dijo.

Miki estrujó el porro en el cenicero, levantó su mirada y dijo:

—Vale, conmigo también.

—Pues yo no voy a ser la única. ¡Ale! Ya está decidido. ¿Y qué tendríamos que hacer, Richards?

Richards se expandió sobre la silla, muy relajado. Lo había conseguido. Ahora todo era ponerse a funcionar, medir los pasos y trabajar.

—Lo primero será que encontréis vuestros poderes —continuó Richards.

Miki estuvo a punto de decir que se echaba para atrás. ¡Eso ya era demasiado! A Sandy le costó aguantarse la risa, que disimuló poniéndose la mano en la boca. Mamadou no salía de su asombro.

—¿Poderes? —gritaron todos al unísono.

—Sí, poderes. Verás, Sandy, tú serás como la heroína Sue, que es una mujer que puede hacerse invisible y que tiene miles de admiradores. Tú, Miki, serás su hermano John, el hombre fuego, que arde sin consumirse y destruye a los que se le acercan. Tú, Gordo, serías como Ben y no necesitas más poderes, porque serás La Bestia, que es todo fuerza, esa que ya tienes. ¿Qué os parece?

Se quedaron callados. «¡Menuda chaladura!», pensó Mamadou, que empezó a plantearse volverse a su país, si confirmaba que todos los de aquí estaban como estos.

—¿Invisible yo? —dijo La Sandy en plan guasa y siguiéndole el rollo, aunque lo de los admiradores le gustó—. Pues mira qué bien, así no tendré que maquillarme todos los días, ¿no?, dijo entre risas.

—Lo del fuego no lo entiendo mucho, aunque si tú lo dices, confiaré en ti. Espero que no me haga daño —dijo Miki, haciendo un guiño cómplice a La Sandy.

El Gordo encogió los hombros. La verdad es que se había perdido y no estaba entendiendo mucho de todo esto:

—Oye, Richards, yo no tendré que pegar a nadie, ¿no? Eso no me gusta —dijo con ojos lastimeros.

—No, Gordo, no. Solo a los villanos —dijo Miki, que ya había entrado en el papel.

Entonces, Richards se levantó solemne de la mesa, alzó una copa repleta de agua de Vichy y, henchido de satisfacción, dijo:

—Hoy es un día importante para todos nosotros. Una estirpe de héroes acaba de nacer y nos esperan grandes gestas que quedarán grabadas en la historia. Hoy han revivido Los 4 Fantásticos. Brindemos.

Y todos rieron y bebieron, entremezclándose los brindis y las risas con un par de pedos lanzados por El Gordo.

—¡Ah!, una última cosa —dijo Richards, cuando ya todos se levantaban—. Lo primero que tenéis que hacer es que alguien nos facilite un lugar discreto, en una nave o local, para construir mi laboratorio.

Richards se colocaba las gafas y calaba el sombrero dispuesto a salir. No obstante, ante la mirada interrogante de todos, continuó.

—Ahí es donde desarrollaré armas secretas, la fuente de nuestros poderes y, tal vez, una máquina del tiempo. Pondré a trabajar mi inteligencia y conocimientos matemáticos y físicos al servicio de ello.

Todos alzaban las cejas con asombro. No entendían nada. Mamadou pensó: «Me parece que me vuelvo a Senegal».

Canto VIII

El laboratorio

El comisario Galván removía los papeles de su mesa, consultaba datos en el ordenador y no conseguía atar todos los cabos sueltos a los que se enfrentaba. Era joven, bien parecido y acostumbraba a vestir de una manera impecable. Llevaba poco tiempo en este destino, su primera comisaría después de haber salido de la Academia y pasar por algunos puestos de menor enjundia. Sentía que el bagaje de conocimientos que había adquirido se le quedaba corto en este caso. Su ayudante, Fernández, entró en el despacho y se espatarró en una silla delante de él.

—Menuda la que tenemos, ¿eh, jefe? —dijo—. Nos va a costar un huevo aclarar este embrollo.

A Galván, el grueso corpachón de Fernández, cargado de años de trabajo, y ya a punto de llegar a la jubilación, se le representó como lo más arcaico en el cuerpo. Era un tipo cutre, que había llevado una vida cutre y al que le esperaba un tiempo también cutre hasta que se muriera. Estaba fuera de onda.

—Mire, Fernández, esto lo vamos a aclarar. Ahora hay muchas formas de poder esclarecer todo este lío —dijo Galván, sin querer dar indicios del follón que tenía en la cabeza.

—Pues ya me dirá. Esos dos que tenemos ahí no sueltan prenda —repuso Fernández, a la vez que se subía la cremallera de la bragueta que se había dejado abierta al salir del baño.

—Ya hablarán, no se preocupe, ya hablarán. Yo sé que nos ocultan muchas cosas y lo acabarán soltando todo.

—Mire, jefe, si me dejase usar los métodos que utilizábamos cuando empecé a trabajar en el cuerpo hace ya muchos años, estos ya estarían cantando por soleares. Era infalible.

—No seas bestia, Fernández, eso ya se acabó. Ahora tenemos otros métodos más sofisticados, disponemos de ordenadores, existen redes que nos unen a muchos servicios de inteligencia. Hay que usarlo todo.

—¿No se da cuenta de que nos están vacilando? Esto es para mear y no echar gota —dijo Fernández—. Hay uno que no para de llorar y que se llama Miki y nos da un apellido, aunque el otro dice que en realidad su nombre es John. Y el gordito ese dice que es un tal Richards y que yo soy un villano que me llamo no sé qué nombre raro. ¡Ganas me dieron de soltarle una hostia! —siguió diciendo Fernández.

—¿Y qué hay de los moritos que estaban con ellos en la nave? ¿Qué os han dicho? —preguntó Galván.

—¡Puff!, esos ni se sabe. Yo creo que también nos están tomando el pelo. Lo que está claro es que no tienen papeles. Esos son unos *tiraos*.

—¿Y cómo explican todos los aparatos y las máquinas que tenían allí? —dijo Galván.

Lo que encontraron parecían armas extrañas. Había también un artefacto, una especie de habitáculo de chapa hermético y lleno de cables, con un sillón dentro y un casco con antenas y luces.

—Los moritos dicen que no saben. Que eran cosas de esos dos.

—A mí todo esto me da muy mala espina. Hay que recabar más información. Pudiera ser que nos encontrásemos ante una célula yihadista. Imagina que pasamos de ellos, los soltamos, y luego ocurre cualquier cosa, un atentado o algo así. Nos tocaría salir por patas del país.

—Sí, hay que andarse con cuidado. ¿Quién podía imaginarse que nos íbamos a encontrar con esto cuando tan solo era un puto desalojo? —dijo Fernández.

Galván se levantó de la mesa y comenzó a recorrer el despacho con pasos lentos. Su mente no paraba de funcionar, imaginando posibles explicaciones. No aguantó más y, aunque la normativa no lo permitía, se aseguró de que la puerta estaba cerrada, abrió la ventana y encendió un pitillo. Fernández, sintiéndose liberado, hizo lo propio.

—Me parece que estamos ante algo muy gordo, Fernández. Lo primero que vamos a hacer es consultar el caso con el CNI. Ellos nos dirán.

Richards repasaba los últimos acontecimientos y todo ello lo veía dentro de una acción de los villanos que querían destruirle. Era claro que el villano Thanos, haciéndose pasar por policía, lo tenía secuestrado. Seguro que se había dado cuenta de que se encontraba próximo a conseguir lo que se proponía en el laboratorio. Estaba convencido de que intentaba sonsacarle información de sus descubrimientos.

A su lado, Miki, que aún no disponía de sus poderes de hombre-fuego, no se percataba de todo esto y no paraba de llorar. A Richards le estaban dando ganas de expulsarle del grupo. Aún no había adquirido el sentido de la heroicidad que debería corresponderle.

—Richards, ¿qué nos va a pasar? Yo no he hecho nada —gimoteaba.

—¡Ay!, ¡ay!, John. Tendrías que saber que los héroes tenemos que enfrentarnos a situaciones como esta. Sin embargo, te aseguro que saldremos airosos y esto nos servirá de aprendizaje para poder afrontar nuevas batallas.

—¡Qué leches, Richards!, si no hemos hecho nada.

—Eso es lo que tú te crees. Ya casi lo tenía.

Desde que Richards consiguió ese lugar que le facilitó Mamadou, por medio de sus colegas árabes que vivían en esa nave, no había parado de desarrollar sus inventos.

—¿Qué tenías?

—¡Ja!, estaba cerca de conseguir la máquina del tiempo. Con ella podríamos desplazarnos muchos años adelante y atrás en el tiempo y el espacio. Movernos al otro extremo de la galaxia en pocos segundos, por ejemplo.

—¿Máquina del tiempo?

—Sí, mira. Sé que es difícil de entender para ti. ¿Tú sabes quién era Einstein y su teoría de la relatividad? La clave son los agujeros de gusano, llamados puentes de Einstein-Rosen. Si el universo se puede plegar, si el espacio tiempo también se puede plegar, podrían conectarse dos puntos lejanos en el espacio tiempo.

—No entiendo nada. Yo paso, Richards, lo que quiero es salir de aquí.

Miki no estaba asombrado, más bien lo suyo era alucine. Veía que Richards se acercaba al punto más próximo de la locura que uno pudiera imaginarse. En esas circunstancias y, con ellos dos aislados en esa celda, pensó que lo mejor era seguirle la corriente, por si se ponía agresivo.

—Mira, John, un agujero de gusano sería como una autopista que nos permitiría desplazarnos por el universo y en el tiempo sin límites.

Richards miraba al techo en estado de embriaguez científico-galáctica. Movía las manos en un intento de explicar sus conocimientos a alguien que claramente no le correspondía.

—¿Y cómo conseguir ese agujero de…?

—De gusano —remarcó Richards—. Muy fácil. Se necesita acelerar mucho uno de los extremos del agujero. Para ello, se precisa de un colisionador con una fuerza magnética tal que pueda implosionar una burbuja de quark-gluón, que es una fase de la cromodinámica cuántica, y crear así ese agujero.

Si no fuera por su situación, Miki se hubiera partido de risa, aunque no fue el caso, viendo, además, que Richards continuaba con su discurso enloquecido.

—Habría que agrandar ese agujero, para que entrase por él un ser humano, y eso se haría con un inflador que proyectara energía negativa en forma de materia antigravitatoria y un elemento para crear una diferencia de tiempo entre la entrada y la salida del agujero. ¿Lo ves?, es fácil.

—Sí, Richards, sí, muy fácil. Ahora lo veo —dijo Miki al borde de entrar en un ataque de pánico.

—Y ya casi lo tenía. Con todos los equipos que compré y puse en funcionamiento, casi lo tenía. Si no fuera porque estos villanos entraron en tropel en el laboratorio y me lo desbarataron todo.

Todas estas explicaciones a Miki no le convencían. Solo sabía que Cándido, Richards, o como quisiera llamarse el tipo, le había metido en un lío tremendo del que no sabía cómo iba a salir.

—Mira, Richards, esto es un desvarío y yo lo que quiero es salir de aquí como sea. Yo no sé lo que tú eres, dices que un superhéroe, pero yo no lo soy. Tan solo soy un vendedor de cómics a cuyos protagonistas no me parezco en absoluto.

—¡Ay, John, John!, ¡qué mal te veo!, y qué lejos estás ahora mismo del mundo al que te ofrezco pertenecer. Muchos como tú que en un momento dudaron, dejaron después su recuerdo en los anales de las aventuras más gloriosas.

—Bueno, todo eso me parece muy bien, pero lo que quiero que me digas es si cosas como estas les ocurren con frecuencia a tus superhéroes, porque si es así yo me bajo.

—Sí, con frecuencia. Pero luego salen siempre airosos. Te podría contar miles de historias en las que, viéndose perdidos, luego consiguieron vencer a quienes les sometían. ¿Quieres que te cuente ejemplos?

—No, no hace falta. Déjalo para otro momento —Entonces Miki se cubrió los ojos con las manos y lloró con amargura.

El comisario Galván había avanzado poco en el asunto que ahora más le preocupaba. Veía que este tema le podría suponer un primer logro en su carrera policial y quería aprovecharlo. Habló con un agente del CNI que vino a verle y que luego entrevistó a los interfectos. De esa conversación ese agente sacó poco.

En cierto momento, Galván miró al del CNI y, muy serio, dijo en plan proactivo:

—Oiga, tal vez, si le parece bien, podríamos montar un operativo aquí en la comisaría con mis hombres.

El del CNI se le quedó mirando muy serio y, alzando las cejas, repuso:

—¿Operativo?, ¿de qué me habla?, ¿de qué y para qué?

Galván entendió muy a su pesar que el tipo no tragaba con su propuesta y no necesitó más explicaciones.

Al del CNI le parecía que esos dos eran un par de pirados, sobre todo uno de ellos; sin embargo, «por si las moscas», pasó el tema al ministro del Interior que, a su vez, «por si las moscas», se lo pasó a Exteriores.

Estuvieron de acuerdo en que la prensa se quedara al margen de todo esto, porque podría producirse una situación de pánico en la población ante la posibilidad de un atentado y, además, quizás traería consigo una crisis internacional. Todo se llevaría en el más absoluto secreto. Un secreto de Estado, claro.

El Ministerio de Exteriores, «por si las moscas», contactó con la embajada de Israel que, a su vez, «por si las moscas», le pasó el caso al Mossad.

Los del Mossad, en un principio, no le dieron al tema la menor importancia, aunque, estudiada la situación en estos momentos en los países árabes y la proliferación de grupos terroristas, decidieron, «por si las moscas», enviar con toda urgencia a uno de sus agentes desde Tel Aviv a Madrid.

Al agente del Mossad, que a Galván le pareció un tipo muy extraño, todo aquello le resultó una chaladura, porque no había ningún dato en sus registros ni de los árabes ni de la pareja en cuestión. Aunque, «por si las moscas», decidió contactar con los supuestos terroristas en la comisaría.

Todo fue muy rápido. Para Galván quedó claro que los servicios de seguridad de la nación, para los que trabajaba, eran como una máquina muy bien engrasada, porque en pocas horas se celebró un interrogatorio en el que participaron el propio Galván, el agente del CNI y el agente del Mossad, al que le tenían que traducir las frases inconexas de los interfectos.

—A ver, señor Richard —dijo Galván—, cuénteles a estos señores lo que me ha contado a mí.

—Richards, me llamo Richards. ¿Y dónde está el villano que ha venido a verme varias veces? —dijo, sin inmutarse y muy seguro de sí mismo.

—¿Te refieres al agente Fernández? No, es que hoy es su día libre —dijo Galván.

Ante la mirada extrañada de los otros dos, Galván les quiso aclarar.

—Es que este señor se ha empeñado en que Fernández es un villano, que no sé cómo lo llama, y que lo quiere destrozar.

—Thanos, se llama Thanos. A mí no me engaña —intervino Richards.

Los dos agentes se miraban muy sorprendidos. Miki permanecía en un rincón de la celda, gimiendo y resoplándose los mocos, que se retiraba con la manga de la camisa.

—¿Qué relación tenía usted con esos árabes? —preguntó el del Mossad.

—No los conocíamos de nada —gritó Miki desde el rincón—. Richards trabajaba allí y punto. Yo le llevaba comida y algún recado.

—Yo les pagaba un alquiler por el uso de la nave. Eso era todo. No eran villanos, eran simples mortales. Otros eran los enemigos —dijo Richards.

—¿Otros? ¿Qué otros? —preguntó el del CNI, que cada vez entendía menos.

—Sí, otros. Eran Bruja Escarlata, Ronan, Thor y Thanos. Este último es el que ha venido a verme aquí varias veces. Los otros no andarán lejos.

—¿Y qué hacías en ese lugar? —preguntó el del Mossad.

—¡Ja! Queréis saberlo, ¿eh? Ese es un secreto que me llevaré a la tumba. ¡Malditos!, se lo diríais a Thanos.

Miki pensó que le sería favorable si dejaba claro el estado de chaladura de Richards y que él no tenía nada que ver con eso y por eso intervino.

—Estaba con unos gusanos, unos agujeros raros y no sé qué más. Quería moverse a toda hostia por el tiempo y el espacio, eso quería. Algo relacionado con un tal Einstein y otros así.

—¡Calla, insensato! No te pliegues a nuestros enemigos. ¿No ves que quieren robarme mis descubrimientos? —gritó Richards, yendo hacia Miki y dispuesto a pegarle.

Galván tuvo que sujetarlo, el del Mossad y el del CNI se miraron y, con una expresión de conformidad, los tres salieron de la celda.

Estuvieron de acuerdo en que lo que tenían ahí eran una pareja de chiflados y que los árabes eran simples comparsas que estaban allí por casualidad. Decidieron soltarlos a todos, no sin antes firmar un documento en el que los tres aceptaban esa decisión, para posibles complicaciones futuras.

Esa noche el comisario Galván durmió a pierna suelta.

Canto IX

En busca de villanos

Después de dos días encerrado en comisaría, una mañana Richards volvió a su casa. Ese suceso se lo había tomado como una victoria frente a las fuerzas del mal. Se quedó sin laboratorio, sí, aunque consiguió que no se apropiaran de sus secretos. Se mostraba alegre y su tía empezó a pensar que el paso de su sobrino en poco tiempo por el hospital y luego la comisaría le harían recapacitar y, tal vez, volver a su estado anterior. Intentó tomárselo con paciencia.

—Cándido, ¿quieres Cola Cao y Vichy? ¿Te lo preparo?

—¡Ja! Déselo a Mamadou, que aún está creciendo y lo necesita —respondió con un cierto humor—. Y ya le he dicho mil veces que me llamo Richards.

—Mira, Cándido —dijo Soledad—. Mamadou ya sé yo que está muy crecidito. No creo que necesite eso para crecer más.

—¿Por qué lo dice?

—Es que, ¿sabes?, ayer vi a Mamadou que salía de la ducha. Por casualidad, yo venía de la calle y nos cruzamos en el pasillo. Iba desnudo.

—¿Y?

—¡Puff! ¡Menudo hombre! ¡Qué poderío tiene! Nunca había contemplado nada igual.

—¡Usted qué sabrá! No puede comparar. ¿Cuántos hombres desnudos ha tenido delante en su vida?

—¡Ay!, hijo, eso es lo que tú te crees. Anda que no he visto películas fuertecillas. Y te puedo decir que Mamadou se sale de lo normal. Se lo pienso contar a mis amigas, para que se chinchen.

—Bueno, ¡qué cosas dice!

—Ah, oye, y lo limpio que nos tiene la casa. ¡Menudo chollo tenemos!

Richards pensó que a esta mujer le estaba pasando algo raro. Nunca la había visto así. ¿Estaría abduciéndola algún villano? Eso es lo que le faltaba. Tenía que pasar al ataque; esa sería la mejor defensa.

Miki, en cambio, estaba bastante hundido. Su paso por la comisaría le había hecho ver las orejas al lobo y se planteaba que, si seguía el juego de Richards, le iba a llevar a lugares insospechados. Sin embargo, lo que podría obtener si algo de lo que le prometió tenía posibilidades, le daría una vida que de ninguna otra forma iba a poder conseguir. Tal vez habría que darle alguna opción. Esperar un tiempo por si se veía algo de luz. ¿Cuáles iban a ser los siguientes pasos que le propusiera Richards? Pronto lo sabría.

Richards se dedicó a pasear por el barrio y más allá. Esperaba que en cierto momento se le presentase la ocasión de enfrentarse con alguno de los numerosos villanos que sabía que estaban al acecho. Hasta entonces ninguno se le hacía visible. Los niños iban y venían a sus colegios, las calles se mostraban animadas; con sus tiendas abiertas, sus comercios de todo tipo y procedencia: chinos, árabes, libaneses, africanos. El barrio respiraba paz y tranquilidad, muy alejado de un mundo de héroes y villanos. Sin embargo, sabía que estaban allí, en algún lugar, escondidos.

Cierto día le pareció escuchar un griterío lejano. Siguiendo esos sonidos, se fue aproximando y en algún momento aquello le llegó a ensordecer. Entró en un estado de expectación tremendo; tenía los músculos tensos y los sentidos a la espera de recibir cualquier señal. En su bolsillo tocaba la pistola paralizante que había conseguido salvar del laboratorio. Siguió más adelante, dobló una esquina y entonces se dio de bruces con aquello que llevaba tiempo esperando.

En una calle estrecha, a la entrada de una de las casas, un grupo de gente, formado por unas veinte personas, blandía cucharones con los que golpeaban cazuelas. A la vez lanzaban gritos. A ningún coche le era permitido pasar por allí y los obligaban a dar marcha atrás y salir por otras calles. El grupo era variopinto. Eran personas de todas las edades. Los había muy mayores, algunos se apoyaban en sus bastones, otros más jóvenes e incluso se veían a niños que también golpeaban con ahínco sus cazuelas.

En un rápido análisis de la escena y de sus protagonistas, cuyas miradas estaban llenas de ira, llegó a la conclusión de que aquellos no eran villanos. No reconoció a ninguno de los que él conocía. Sin embargo, pudiera ser que con sus argucias le estuvieran engañando. Recordó lo que en sus cómics había leído sobre la capacidad de estos para trampear a los sentidos. Con precaución, se aproximó e intentó discernir, a partir de sus gritos, lo que allí ocurría.

—¡Fuera, ladrones! —chillaban unos—. ¡No nos venceréis!

—¡No nos iremos! ¡Esta casa es nuestra! —se desgañitaban otros.

—¡No pasarán! —gritó una persona mayor, seguido por los aplausos del resto.

Esas voces, unidas al estrépito de las cacerolas, duraron un tiempo.

—¡La policía! —dijo uno que venía corriendo del otro lado de la calle.

Se produjo un tumulto y la mayoría fueron entrando en el portal. En seguida se escuchó el sonido de las sirenas, y a continuación, de un potente altavoz:

—Desalojen la calle, no pueden interrumpir el tráfico. Desalojen la calle o nos veremos obligados a intervenir y detenerlos.

Se acercaban con sus cascos, máscaras, escudos y porras en la mano y algunos con rifles para lanzar botes de humo. Richards se dio cuenta de que estos sí eran villanos. Entonces, en uno de los policías que venían por delante y con un megáfono en la mano, creyó reconocer al villano Thanos, ese que le interrogó en comisaría.

Ya lo tuvo claro. Esta gente era la que precisaba su ayuda. Entonces, en aquellos momentos de tensión y barullo, Richards tomó la decisión de unirse a ellos y así fue como, aprovechando el tumulto, se introdujo con el grupo en el portal enrejado.

Los veintitantos que eran se quedaron dentro y lo cerraron. En el exterior podía verse a los policías que se aseguraban de que la calle ya estaba despejada. Alguno pensó que podrían derribar con facilidad la puerta acristalada, y en seguida esta fue protegida por unos colchones que Richards no supo de dónde salieron.

El pequeño portal de aquella casa antigua, a modo de zaguán, permitía con dificultades acoger a todos. Algunos subieron a los primeros peldaños de la escalera. Y él estaba allí, formando parte de ese grupo. Había unos niños pequeños que lloraban, otros más mayores se movían entre la gente jugando. Los rostros mostraban preocupación y tensión.

—Hagamos una asamblea para decidir qué hacer —dijo uno que era de los más mayores del grupo y al que parecía que todos respetaban.

—Sí, sí, eso. Asamblea, asamblea —gritaron todos.

—Por cierto, ¿este quién es? —dijo uno, dirigiéndose a Richards, que permanecía callado en un rincón. Las miradas del resto se volcaron hacia él.

—Sí, ¿quién es? Usted no vive aquí —dijo otro.

Richards se quedó en suspenso. Trató de discernir cuál sería la respuesta más apropiada. Aquellas miradas sobre él estaban poniendo a prueba su capacidad de reacción. Su mente le dijo que no debería engañar a esa gente.

—Soy Richards —dando por supuesto que todo el mundo conocía a ese superhéroe—, y estoy aquí para ayudarles.

—Ah, entonces usted debe ser de Stop Desahucios, ¿no? —dijo una señora que llevaba puesta una bata y unas zapatillas de gamuza de estar por casa.

—Ah, sí, claro —dijo un joven—. Yo les avisé para que viniesen hoy a apoyarnos.

Eso les pareció perfecto a los demás, y entonces dejaron de prestar atención a Richards, que a punto había estado de gritarles que era un superhéroe que iba a quitarles de en medio a esos villanos. Prefirió no decir nada y dejarlo estar, de momento. Ahora no era cuestión de destapar sus cartas.

El señor mayor tomó la palabra.

—A ver, ¿alguien sabe si se presentaron los papeles en el juzgado?

—Sí, los llevé yo, Miguel —dijo la señora con la bata de boatiné.

—Pues ya solo nos queda esperar y resistir, aunque yo no confío nada en los jueces —dijo el joven.

—Mucho tiempo no nos queda, porque yo tengo el desahucio dentro de tres días —respondió Miguel, cariacontecido.

—Tranquilo, Miguel, que de aquí no te echan —dijo uno muy grandote, a la vez que golpeaba con un puño en su otra mano.

Richards no se estaba enterando de nada, o sea que, aprovechando que todos ya le admitían como representante de Stop Desahucios, decidió intervenir.

—Entiendo que tienen una orden de desahucio para este señor y...

No lo dejaron continuar. Entre los gritos de muchos, pudo entender que el desahucio les iba a llegar a todos paso a paso. Los propietarios querían apoderarse de todo el edificio.

—Mire, como se llame, nosotros teníamos unos alquileres bajos y ahora el ayuntamiento se lo ha vendido a unos que lo que quieren es esperar a que acaben los contratos y multiplicarnos por cuatro esos alquileres. Y eso no podemos pagarlo, así que nos echan. Son unos ladrones —dijo Miguel.

—Sí, sí, ladrones, ladrones —gritaron todos.

—Y eso es lo que hemos remitido al juzgado, porque no tienen ningún derecho —concluyó.

Richards empezó a tener clara la situación. Ya sabía quiénes eran los débiles, los que necesitaban su ayuda, y ahora solo quedaba identificar a los villanos que los querían fastidiar. Un sentimiento de emoción lo invadió. Por fin iba a poder entrar en acción y cumplir sus deseos como héroe universal.

—¿Sabéis lo que os digo? —continuó Richards—. Que lo del juzgado está bien, aunque no os va a servir de mucho, pero lo que hay que hacer es enterarse de quiénes son los propietarios, después ir a por ellos y, por último, destruirlos. Así de claro.

Silencio total. Expectación. Rostros que se miraban unos a otros, sorprendidos. Alzamiento de cejas en algunos. De repente, uno que comienza a aplaudir, otros se le unen y al final están todos aplaudiendo y gritando:

—Sí, sí, eso es lo que hay que hacer, resistir, resistir.

—No solo hay que resistir. Hay que pasar al ataque. ¡Destruirlos! —concluyó Richards.

Palmadas en la espalda a Richards de casi todos, aplausos, gritos de resistencia, de lucha. Parecía que hubiesen estado esperando que alguien les viniera a decir lo que en realidad estaban deseando oír. Ya tenían un nuevo líder.

—Bueno, pues ahora decidme, ¿qué sabéis de los propietarios? —dijo Richards.

Silencio y carraspeos, nadie decía nada. Luego todos dirigieron sus miradas a Miguel.

—Es que no sabemos. Nos llegan papeles que no entendemos muy bien. Mi orden de desahucio ha venido del juzgado. Parece que detrás hay un fondo buitre —dijo Miguel, inseguro.

Richards pegó un respingo. Todas las células de su cuerpo se crisparon al unísono. Le pareció increíble y hasta milagroso lo que había escuchado. Abrió a tope los ojos, que dirigió a Miguel.

—¿Puede usted repetir eso último? ¿He oído bien?

—Sí, que detrás de todo esto hay algo que se llama fondo buitre —afirmó Miguel, ya en tono más seguro.

—Sí, y yo me he enterado de que esos fondos buitre están en Estados Unidos —dijo un jovencito con gafas y un libro debajo del brazo, que hasta ahora no había intervenido.

—¡Dioooos! —gritó Richards, enfebrecido y con las manos en alto—. ¡Acabáramos! Ya lo imaginaba, y está en Estados Unidos. Estaba claro, no podía ser de otra manera.

—¿Qué pasa? ¿Qué pasa? —preguntaron muchos con sorpresa y muy inquietos.

—Nada, nada, ya os diré. Hay que estudiar un plan de ataque. De momento vamos a prepararnos para evitar el desahucio de este señor. Ese día lo más probable es que venga Thanos de nuevo con sus guerreros y entonces estaremos más preparados que hoy.

La gente fue subiendo a sus viviendas, con un lío tremendo en la cabeza y sin tener claro de dónde había salido ese hombre tan extraño que les hablaba de guerreros acorazados.

Canto X

Los 4 Fantásticos se preparan

Hoy, a las 12 de la mañana, reunión urgente e inaplazable de
Los 4 Fantásticos en el Grease.

Esa era la nota que La Sandy, Miki y El Gordo habían recibido a través de Mamadou, que siguió con suma discreción las instrucciones de Richards.

El Grease a esa hora estaba vacío de clientes; ya había cerrado. Sandy recogía algunas cosas de la barra mientras canturreaba algo. Mamadou con una fregona limpiaba el suelo y retiraba copas vacías de las mesas. El Gordo jugueteaba con nerviosismo con un cubo de rubik, moviendo los colores de forma que aquello no tenía pinta de ir a ninguna parte. Miki, mientras hacía un crucigrama, miraba a El Gordo y esperaba que en cualquier momento esas manazas destrozasen el cubo.

En eso llegó Richards. Como siempre, llevaba gabardina larga, gafas de sol, a pesar de que llovía, y sombrero calado hasta los ojos. Entreabrió la puerta, pasó al interior y, lanzando con sigilo una mirada al exterior, cerró y echó la llave.

—Hola, compañeros. ¿Ya estamos todos? —dijo.

—Sí. Aquí estamos, cariño —saludó La Sandy.

El Gordo, ya enfadado, golpeó el cubo contra la barra y levantó la otra mano como si fuera un saludo. Miki también lo hizo.

—Bueno, yo irme —dijo Mamadou mientras se secaba las manos con un trapo y se metía la camisa debajo del pantalón.

—Esto… Mamadou, tú no eres de los Fantásticos, sin embargo, creo que puedes quedarte como miembro honorario, sin capacidad de voto, claro —dijo Richards mientras tomaba asiento y se quitaba el sombrero—. Es que lo que os voy a contar es de suma importancia y conviene que lo conozcas tú también.

—Vale, entonces ahora llamar a Soledad, que si llegar tarde preocupa —respondió, a la vez que sacaba un móvil del bolsillo y marcaba un número.

—Sí, eso, eso. Que se quede, que se quede —dijo La Sandy, risueña, con saltitos y aplausos rápidos, como hacen las adolescentes en las películas americanas.

Tomaron asiento. Según lo habitual en estas reuniones, Richards se quitó las gafas y muy despacio repasó a todos con la mirada. La tensión podía masticarse.

—Veréis, he localizado una acción de los villanos y a un grupo de gente a los que están fastidiando y que precisa de nuestra ayuda. Creo que es una ocasión magnífica para que Los 4 Fantásticos empecemos a demostrar al mundo lo que somos —dijo Richards, circunspecto y esperando la reacción del resto.

Expectación absoluta, muy atentos y sin hablar. El silencio lo cubría todo y algunas luces tenues propiciaban las confesiones. Olivia y Travolta los observaban desde las paredes, también muy atentos.

—Hay unos inquilinos de unas viviendas aquí cerca, de esas que eran del ayuntamiento, que han sido vendidas. Los nuevos propietarios, según vencen los contratos, no los renuevan a no ser que paguen de alquiler cuatro veces más y, si no, a la calle.

Hay uno al que echan dentro de tres días. Hay que impedirlo —contó Richards.

En un primer momento, se quedaron sorprendidos y ninguno se imaginaba qué podían hacer ellos.

—¡Ostras, Richards! ¿Y cómo vamos a hacerlo? —preguntó Miki al cabo de un tiempo.

—Muy fácil y sencillo. Hay que localizar a esos villanos y destruirlos —respondió.

—¿Matarlos? —dijo La Sandy.

—He dicho destruirlos, no matarlos.

—Pues ya me dirás cuál es la diferencia —siguió La Sandy.

—En este mundo es lo mismo. En el de héroes y villanos son cosas muy diferentes. Ya os iréis dando cuenta.

Miki pensó que nunca había entendido eso de la Santísima Trinidad por lo que le pareció que esto tampoco lo iba a entender, así que lo dejó pasar.

—¿Y se sabe quién es el propietario? —preguntó Miki.

—Eso es lo más grande de todo. Ellos, los pobres inquilinos, lo ignoran. Yo he podido saberlo. Lo conozco a la perfección —dijo Richards con cara de satisfacción.

Esperó unos instantes. Pidió a El Gordo que le acercase una botella de Vichy, rellenó un vaso en el que había puesto una raja de limón, paladeó su contenido y luego habló.

—Se trata de El Buitre, también llamado Adrian Toomes. Parece que ahora maneja unos fondos con los que realiza operaciones de todo tipo en cualquier lugar del mundo con intenciones perversas. Es un supervillano que tiene un gran genio inventivo y es un maníaco.

Todos se quedaron callados, incrédulos y con miles de preguntas en la cabeza.

—Cuéntanos más, Richards. Todo lo que sepas —dijo La Sandy.

Después de encenderse un porro, que fue pasando a los demás, continuó Richards.

—Es un exingeniero electrónico, como yo, nacido en Nueva York, donde vive, y enemigo contumaz de Spider-Man. Diseñó un traje especial que le permite volar a grandes velocidades. Después de dedicarse a una vida delictiva, fue miembro fundador de Los Seis Siniestros.

Nuevo silencio. Richards paladeaba sus palabras y conocimientos e intuía que estaba creando en los Fantásticos un gran interés y, lo tenía claro, ganas de comenzar la lucha.

—O sea que es malo, ¿no? ¿A este es al que tendré que pegar yo? ¿Cómo se puede luchar contra él? ¿Sabes más? Dime, Richards —intervino El Gordo, un tanto aturullado.

—Sí, sé más cosas. Aunque El Buitre es de edad avanzada, es un luchador fuerte y un asesino implacable. En una ocasión recuperó su juventud a través de medios bioquímicos; otra vez consiguió arrebatársela a Spider-Man. Es un tipo montaraz.

En eso, Mamadou, que estaba en un rincón sentado tomándose un té en silencio, levantó con un respingo la cabeza y dijo:

—¿Qué ser mondarás?

—Montaraz —replicó Richards.

—Montarás.

—Mon-ta-raz —concluyó Richards.

Mamadou se quedó con cara de estupefacción y La Sandy, que se le acercaba, le puso una mano en su hombro.

—No te preocupes, Mamadou, que yo tampoco sé qué significa esa palabra. Es que Richards a veces nos lía con palabras raras. Le encanta.

—Persona arisca, asalvajada, sin límites —dijo Richards con cara de suficiencia.

«Montaraz, montaraz, montaraz», va repitiendo Mamadou mientras toma notas en una pequeña libreta que saca del bolsillo. La Sandy le acariciaba con ojillos tiernos.

—Ser mi diccionario. Yo aprender.

Todos lanzan sus miradas a Richards, que seguía sin soltar prenda y ya les impacienta.

—¿Y si vive en Estados Unidos? ¿Cómo podremos llegar a él?

—Buena pregunta, Sandy. Si hubiera podido acabar mi máquina del tiempo, eso estaría resuelto. Iríamos allí en segundos. Ahora no puede ser.

—¿Entonces? —preguntó Miki, al que todas esas historias le estaban pareciendo chaladuras de Richards.

—Es que estoy seguro de que aquí están sus testaferros, el resto de Los Seis Siniestros. Son los que llevan sus finanzas en España. Si los destruimos a ellos, es como si lo destruyéramos a él. Lo primero que hay que hacer es localizarlos.

—¿Y cómo lo hacemos? —preguntó La Sandy.

—El inquilino al que van a echar me dejó ver la orden de desahucio. En ella figura como demandante una inmobiliaria que se llama Vivienda Feliz. Creo que son estos. Hay que buscar su dirección en internet y pasarse por allí a ver qué encontramos —respondió Richards.

Mamadou seguía en silencio mientras se tomaba el té, en apariencia ajeno a lo que se decía. No quería decir nada, a no ser que le preguntaran. Todo esto le parecía una locura total, solo le faltaba saber que los marcianos estaban de por medio. Pensaba que, en estos países, al tenerlo todo resuelto, se aburren y no saben cómo matar el tiempo. En Senegal esto sería imposible.

Después de pasarse otro porro más y repartirse unas copas de algo fuertecillo, el aparente relajo se truncó por la intervención de Miki.

—Mira, Richards, me parece que te estás ofuscando. Todos esos villanos de los que hablas no son más que inmobiliarias y rollos económicos de lo más normal que se dan estos días. Son de carne y hueso, nada de villanos. ¡Espabila!

Richards se levantó, se paseó alrededor de la mesa y miró con los puños apretados y el ceño fruncido a Miki. Mamadou temió que le golpeara del cabreo que se le notaba. La Sandy se puso nerviosa también y no sabía cómo bajar la tensión del momento. El Gordo echó un vistazo al cubo de rubik que reposaba en la barra, y ganas le entraron de olvidar esa historia que no entendía, cogerlo e intentarlo de nuevo.

—Eres un incrédulo, Miki. De esa forma nunca podrás entrar en la estirpe de héroes y villanos, esos que enaltecen los grandes hechos y proezas sin fin de este mundo. No estás dando la talla que se requiere. Te lo repito, Miki, ¿estás o no estás conmigo? ¿Quieres seguir perteneciendo a Los 4 Fantásticos? —dijo Richards, muy serio.

Miki se quedó algo acongojado con esas palabras. Rápidamente valoró lo que podría conseguir con estas locuras y, por otro lado, lo que perdería. A fin de cuentas, si esto no le llevaba a nada, no iba a estar peor que como estaba ahora.

—A ver, chicos, que esto es muy emocionante. Vamos a ser unos héroes. Y si solucionamos el problema de esa gente, será estupendo —dijo La Sandy para relajar el ambiente.

La verdad era que ella también tenía las mismas dudas que su hermano.

—Eso es cierto. Yo he visto el sufrimiento de esa gente. Necesitan la ayuda de unos héroes. ¿Vamos a defraudarlos? —concluyó Richards.

Apareció un silencio que hacía daño a los oídos. Luego hubo un murmullo que llamaba a la grandeza y que a alguno lo sacó de sus disquisiciones. Podrían equivocarse o no, sin embargo, tal vez mereciese la pena intentarlo.

—Pues, ¡venga!, vamos a planear lo que hacemos —dijo El Gordo, a la vez que daba un abrazo a Miki.

—Bueno, vale, sigo con vosotros —dijo Miki, entre los aplausos de La Sandy y El Gordo y la mirada aquiescente de Richards.

—Vale, este va a ser el plan: Sue y John —la Sandy y Miki se miraron, entendiendo que se refería a ellos— localizarán dónde está Vivienda Feliz e irán allí a husmear y a tratar de encontrar algo. El Gordo y yo iremos a plantar batalla el día del desahucio y ya pensaremos cómo resistir al desalojo —concluyó Richards, satisfecho.

Todos mostraron su acuerdo y se dedicaron a acabarse las copas y a dar buena cuenta de los porros que les quedaban. Pasado un tiempo, Richards y Mamadou se levantaron para irse a casa.

—Ah, y no se os olvide encontrar vuestros poderes. Los vais a necesitar, que estos villanos son casi invencibles —recalcó Richards al salir.

Canto XI

Los 4 Fantásticos buscan sus poderes

Se quedaron allí los tres pensativos y encogieron los hombros, sorprendidos.

La última frase de Richards los dejó muy intrigados. A veces era difícil entender lo que decía, hablaba como en algún idioma raro. Se pusieron a pensar cuál era el mensaje oculto que les había transmitido.

Miki miraba a La Sandy y a El Gordo y luego se fijó en su cuerpo reflejado en un espejo.

—Yo creo que lo dejó muy claro. Ha dicho que los villanos tienen una gran fortaleza y que miremos cómo estamos nosotros. ¿No os da qué pensar? ¿Así vamos a pelear con ellos?

La Sandy se miró los brazos descubiertos; El Gordo observaba el vuelo de una mosca, como tantas veces.

—Estamos hechos unas piltrafas. Así no podemos enfrentarnos a nadie. Ese es el poder que necesitamos, la fuerza —remarcó Miki.

—Oye, rico, que no es para tanto, que yo estoy muy bien para mi edad —La Sandy, siempre con su optimismo natural.

—Está muy claro. Hay que ponerse en forma. No hay otra —concluyó Miki.

—Pues yo creo que lo que nos dijo es que yo me haga invisible y tú que ardas como una antorcha —soltó La Sandy, risueña.

—Venga, mujer, que eso era en forma metafórica, que no te enteras de nada. ¿Cómo te vas a hacer invisible? —dijo Miki.

La Sandy pensó que, de alguna forma, eso de hacerse invisible ya le estaba ocurriendo porque, para los tíos que le gustaban, ya lo era.

—A lo mejor Miki tiene razón. Aquí cerca hay un gimnasio, he pasado por delante alguna vez. Tal vez sería buena idea ir por allí a preguntar —apuntó El Gordo.

Tomaron la decisión de pasarse los tres por ese lugar la mañana siguiente.

Ese día se mostraban un tanto escépticos en su camino hacia el gimnasio. Avanzaban con pasos lentos ante las dudas que los oprimían y luchando con algo que en su interior les decía que eso era un poco loco, pero al final llegaron.

Al entrar, aquello les pareció de otro mundo. Estaba lleno de aparatos raros y había una música repetitiva y algo estridente que te impulsaba a mover de inmediato alguna parte del esqueleto. Las luces eran tenues, cambiaban de color y se hacían intermitentes al ritmo de la música. Había cuerpos, muchos cuerpos. ¡Y qué cuerpos!

Los tres allí plantados, en línea, hombro con hombro, como pasmarotes, con gran asombro y sin moverse. Había gente muy joven por todas partes que levantaban pesas, hacían flexiones, pedaleaban o caminaban y se comportaban como hámsteres en unas cintas infinitas que se movían, algunas a gran velocidad. Ellas con unos bodis pegados a sus cuerpos, marcando nalgas, y ellos con camisetas de tirantes ajustadas, espaldas enormes y musculaturas desbordantes por todas partes y, eso sí, muchos tatuajes.

La Sandy miraba el cuerpo un tanto escuálido de Miki, y este los michelines de ella. Los dos se hacían cruces. De El Gordo ni hablar porque, si bien su textura era recia, sin embargo, no se veía un mínimo músculo por ninguna parte, todos ellos cubiertos por piezas colgantes de piel con grasa a rebosar.

—Hola, chicos —les dijo un chaval muy joven y musculoso que se les acercó—. ¿Queréis apuntaros a esto?

—Sí, bueno —contestó Miki—. Era por ver qué tal estaba.

—Pues ya veis, en unos meses estaréis como ellos —les dijo.

Se miraron y pusieron cara de incredulidad, con levantamiento de cejas incluido.

Al final llegaron al acuerdo de tomar un bono de grupo para los tres con el que, mediante las instrucciones de los monitores, les irían colocando todos los músculos en su sitio, primero, y luego engrosándoselos. Lo dudaron mucho, sin embargo, aceptaron empezar un *training* adecuado para ellos, según les dijo el responsable. Les aconsejó el lugar donde comprar el equipo y se despidió hasta el día siguiente.

El Gordo y Miki se fijaron que, en cierto momento, La Sandy se apartó con el chico a un lado y conversaron un rato.

A la salida decidieron que había que intentarlo. La Sandy era a la que se veía más emocionada.

—Oye, que no hay otra. Hay que ponerse en forma —dijo.

—¿Tú crees que esto valdrá para algo? Y eso añadido a la pasta que nos va a costar —repuso Miki.

—Sí, hombre. Además, el chico ese a mí me ha ofrecido algo más —dijo La Sandy.

—¿Y qué es? —preguntó El Gordo.

—Me ha dicho que yo tengo potencial. Me ha propuesto hacer *body building y crossfit*. Dice que es lo que más me interesa —dijo, con un mohín pícaro.

—¿Y eso qué es? —repitió El Gordo con cara de póker.

—Pues algo que, mediante ejercicios con pesas y demás, me hará crecer la musculatura en un plis plas y me esculpirá un cuerpo sin un ápice de grasa, eso me ha dicho. Sería como un escultor que realzará mi figura. Mola —respondió.

—Joder, eso es poco creíble, ¿no? —dijo Miki, mirando a La Sandy de arriba abajo.

—Además, me ha dicho que él sería mi entrenador personal. O sea, solo para mí.

—¿Por el mismo precio? —dijo El Gordo.

—No, no, qué va, me pedía más pasta. Yo le he ofrecido que me lo mantenga a cambio de darle clases de baile en el Grease.

—¿Y con ese cuerpo para qué quiere aprender a bailar ese tío? —dijo Miki.

—Pues es que me ha contado que es muy soso y al final las chicas le huyen porque es muy aburrido. Le he convencido de que, bailando, va a romper, y ha dicho que sí. O sea que, ¡ale! Ya tengo entrenador personal. Lo vais a flipar.

Durante unos días, los tres asistieron a las clases. La Sandy estaba emocionada con su entrenador personal y, sacando fuerzas de flaqueza, hacía todo lo que le pedía. *Press* de banca, remo y pesas, además de posturas rarísimas en el suelo. El tipo ese le dijo que todo eso provocaba microtraumas en los músculos para luego ayudarlos a crecer. Sin embargo, a ella le hacían sentir todo el cuerpo traumatizado. También inició una dieta basada en mucha pasta y treinta gramos de proteína, veinte minutos después de levantarse cada día. Lo único bueno es que aquello sabía a chocolate, con lo que compensaba un poco la prohibición que le hizo de tomar los bombones tan deliciosos que guardaba en la nevera del bar.

Ellos, dale que te pego con las mancuernas, sentadillas, flexiones, bici y correteos por la cinta. A El Gordo, debido a su altura y peso, le tuvieron que limitar los ejercicios porque, por sus ganas de agradar, un par de veces se cargó unas máquinas.

Miki alucinaba con las chicas que había allí. Se ponía a levantar pesas en una especie de máquina en la que, sentado, le obligaban a elevar con las piernas un rodillo que pesaba infinito, si bien, delante de él y de espaldas, una chica con un bodi y unas mallas que dejaban a la vista sus partes traseras, flexionaba la cintura mientras levantaba una barra con pesas.

Aquel espectáculo le resultaba increíble. Lo malo era que las tensiones que eso le producían lo llevaban a un desahogo nocturno en su habitación que le suponía un ajetreo añadido. Se fue poblando de ojeras.

A los cuatro días, estaban los tres en el Grease antes de abrir. La Sandy y Miki en dos sofás con los ojos medio cerrados y El Gordo en el suelo, todo lo largo que era, sin apenas moverse, salvo para echarse algún trago que otro de una Coca-Cola que sujetaba con una mano lánguida. Mamadou les acercaba vasos de agua y a La Sandy le ponía paños húmedos en la frente. Le dolían músculos que hasta esos momentos desconocía y ya le había avisado de que esa tarde y noche sería él quién tendría que atender la barra y las mesas, porque ella no podía moverse.

En eso llegó Richards muy eufórico, aunque, al contemplar el espectáculo, se quedó anonadado.

—¡Qué os pasa! —gritó muy sorprendido.

—Nada, Richards, nada, que estamos digiriendo nuestros poderes. Es una pasada —dijo Miki a duras penas.

—Pues os veo hechos un asco. Esto no es lo que habíamos planeado. Ahora mismo no tenéis ninguna pinta de héroes —dijo Richards.

—Tranquilo, Richards, que esto es solo pasajero —aseguró El Gordo desde el suelo.

—A lo mejor un villano nos ha introducido algún brebaje en las bebidas —dijo La Sandy, en plan broma.

Sin embargo, esto a Richards le dejó pensativo.

—Pues sí, tal vez —respondió, cogiéndose la barbilla con una mano—. Ahora que lo dices, recuerdo una aventura de Los 4 Fantásticos en que Thor utilizó esa estratagema.

Se quedó más tranquilo y continuó.

—A ver, mañana es el desahucio. Ben —se refería a El Gordo— y yo estaremos allí y esta noche pensaré cuál va a ser nuestro plan. Y vosotros dos haréis lo que os dije, porque ya tengo la dirección de esa inmobiliaria. O sea que, ¡venga!, todos a prepararse.

El Gordo se incorporó con pasos torpes a su banqueta en la barra, lanzó una flatulencia y se bebió la Coca-Cola de un prolongado trago. Miki y La Sandy llegaron a trancas y barrancas a unos sillones en un rincón, maltrechos. Richards abandonó el lugar y Mamadou se quedó allí a cargo de todos y de todo, dispuesto a abrir el bar.

Canto XII

Los 4 Fantásticos entran en acción

Richards estaba preocupado. Se imaginaba la escena del día siguiente con toda esa gente allí, confiando en él y con Thanos y sus secuaces enfrente. Él tan solo contaba con El Gordo para evitar ese desalojo por parte de los villanos. Se preguntaba qué harían los héroes en estas circunstancias.

—Miki, ¿tú qué piensas? ¿Tienes alguna idea de cómo podríamos destrozar a esos villanos?

—¿Destrozar? Joder, Richards, si no sé ya quién eres tú, ni incluso quién soy yo. A veces me dejas muy liado. No sé qué pensar. ¿Cómo voy a ayudarte?

—Somos héroes y tú te llamas John. Así de claro.

—Pues vale, pero a mí lo único que se me ocurre es que desaparezcamos de todo esto lo antes posible. Eso pienso ahora.

A Richards se le pasaban por la cabeza diferentes acciones y descubría que sus poderes no le estaban sirviendo de mucho. Su inteligencia no le daba para encontrar soluciones. Tan solo disponía de una pistola paralizante que aún no había probado, fabricada gracias a una información que vio en internet, y un espray de gas pimienta que compró en Amazon. En el laboratorio no le dio tiempo a desarrollar otro armamento. Necesitaba ayuda.

Estaba declinando cuando aún no había comenzado. Era horroroso. Se acostó y esos pensamientos le impedían conciliar el sueño, tan solo los inicios de un duermevela que le hacía dar vueltas y vueltas en la cama, en una oscuridad feroz de cuerpo y mente.

Pasado un tiempo, ocurrió algo.

—¿Qué te pasa, Richards? —le dijo.

Se arrebujó entre las sábanas. Esa voz la conocía. Se asustó en un principio y después sintió un bienestar que se fue apoderando de él. Abrió los ojos y vio la imagen de otras veces que se movía como una sombra en la pared.

—Necesito tu ayuda —pudo decir.

—Mi mente entra en la tuya y veo que mañana te enfrentas a una gran batalla, como muchas de las que yo viví. Hasta me das envidia.

—Pues, ya ves, yo estoy acojonado.

—No importa que tengas miedo. Los héroes lo tienen, pero lo superan. Esa es la diferencia.

—Pues si ya sabes lo que me espera, ¿qué me aconsejas?

—Lo que siempre te he dicho. Usa tu poder más importante, tu inteligencia.

—Thanos estará allí, es implacable. Irá acompañado por sus guerreros —respondió Richards.

—Solo te digo una cosa y piénsalo. Confía en la gente. Esos mortales a los que vas a ayudar también pueden tener poderes en momentos extraordinarios como este. Con tu inteligencia has de saber cómo utilizar esa fuerza.

Y la imagen desapareció.

Se quedó pensativo. Esas últimas palabras le golpearon. ¡Maldita sea! Él no se había parado a pensar en eso. Tal vez ahí estuviese la clave. Eso le hizo madurar un plan a lo largo de la noche, apenas durmió. Sin embargo, mereció la pena.

A primera hora de la mañana se presentó en la casa de Miguel y los demás. Contó a unos y a otros sus planes; a todos les pareció bien, aunque con grandes dudas, y se dispusieron a ayudarle. Miguel estaba apesadumbrado.

—Mira, Richards, tal vez lo mejor sea que dejemos esto. Yo me voy y ya está —dijo.

—De eso nada, Miguel. ¿Y a dónde irías? Eso sería darles alas. Después vendrían otros y otros. Estos villanos no tienen límites. Me los conozco bien. Hay que plantarles cara —respondió Richards.

Con Richards vino El Gordo. Le había prestado uno de sus trajes antiguos, de cuando iba al trabajo, era negro. Los puños de la chaqueta le llegaban un poco más abajo de los codos. Los pantalones, también negros, no se los pudo abrochar, ya que le venían por encima de los tobillos y los sujetaba con tirantes. Le había maquillado la cara de blanco con algunas cicatrices pintadas y el pelo al cepillo. Era la viva imagen de Frankenstein. Él se había puesto su camiseta de Reed Richards ajustada, con el cuatro en el centro y un cinturón de cuero ciñendo su cintura. A Miguel le parecía que estaban especialmente graciosos y no sabía muy bien qué pensar de estos tipos.

Richards convenció a los otros inquilinos de que se disfrazaran de lo que quisieran, incluidos los niños. A Miguel le dio instrucciones para que fuese a hablar con toda la gente conocida del barrio, en el que había muchos artistas callejeros. Le escucharon por ser una persona muy respetada, dado que siempre organizó todo lo que allí se montaba, por no mencionar su paso por la asociación de vecinos de la que durante un tiempo fue presidente.

Richards preparó, con la ayuda de otros, una gran pancarta que colgaron al principio de la calle, entre los balcones de dos edificios. El cartel decía con grandes letras y globos a su alrededor:

Gran fiesta del barrio de Lavapiés
MIGUEL SE QUEDA

A primera hora de la tarde, antes de la hora anunciada para el desalojo, empezaron a llegar diferentes grupos de personas.

Los chinos, con sus trajes típicos, danzaban sus bailes al compás de una música tradicional. Un par de guiñoles de los que están en el Retiro los domingos hacían las delicias de muchos niños que se sentaban delante de ellos. El payaso contaba chistes y todos reían con él. Otro, subido a una rueda grande con un sillín en lo alto, pedaleaba y hacía malabares con bolas lanzadas al aire. Los senegaleses, con sus túnicas de colores increíbles, también danzaban. Los árabes ofrecían pastelillos suculentos, elaborados por ellos mismos. Unos turcos portaban un rulo de kebab del que cortaban con un cuchillo trozos que ofrecían a la gente. Los ecuatorianos cantaban en grupos con sus guitarras, los colombianos también. Vino uno de música *rock* y otro de rap que hacían incrementar los decibelios que inundaban la calle.

El ambiente era impresionante y los vecinos de la casa de Miguel, todos con disfraces, alucinaban con la muestra de apoyo del barrio que un tal Richards había organizado. La pequeña calle estaba ya intransitable. Aquello parecía un remedo de las fiestas de San Cayetano porque, atraídos por el espectáculo, más y más personas de todas las edades se iban sumando.

El Gordo jugaba con los niños. Hacía como que los iba a pillar y ellos corrían por todas partes, entre risas. Verse perseguidos por Frankenstein era algo que nunca habían disfrutado. Cuando pillaba a alguno, El Gordo le regalaba caramelos y chicles. En cierto momento, se dirigió a Richards un tanto apesadumbrado.

—Oye, Richards, me dirás a quién tengo que disparar o pegar, ¿no? Es que me lio un poco —Al oír eso, a Richards le aumentó la preocupación.

Llegaba la hora y Miguel y Richards, juntos, esperaban al principio de la calle la aparición de aquellos a los que Richards llamaba villanos y que ya Miguel nombraba también así. Richards se había quedado con el espray de pimienta y El Gordo con la pistola paralizante que, por cierto, era voluminosa. La espera fue tensa y se les hizo muy larga.

Miguel, mirando al frente, echó un brazo sobre los hombros de Richards al que, con este gesto, una corriente eléctrica le recorrió el cuerpo.

Entretanto, La Sandy y Miki iban por el paseo de la Castellana camino de Vivienda Feliz, desconocedores de lo que estaba ocurriendo en el edificio de Lavapiés.

Discutían la coartada que iban a emplear al llegar, sabiendo que aquello de la inmobiliaria solo era una tapadera, según les había dicho Richards. Iban muy bien arreglados. Él con traje, el de las grandes ocasiones, y ella fuera del *look* de Olivia que usaba habitualmente, con vestido muy clásico y a tono con la zona de Madrid en la que se encontraban.

—Oye, Miki, que sepas que yo, como vea algún peligro, salgo echando leches. Que no estoy para bromas.

—Tranquila, Sandy, tranquila. Ya sabes lo que dice Richards. Lo importante es mantener la calma —dijo, aunque era de la misma opinión que su hermana.

Amplio portal de mármol y ascensor acristalado y veloz que los llevó a la planta octava. Inmobiliaria Vivienda Feliz, decía un letrero en la puerta. Tocaron el timbre.

—Buenas tardes, venimos para pedir información sobre viviendas en alquiler en la zona de Lavapiés —dijo La Sandy a una rubia muy llamativa que les abrió la puerta.

Los pasaron a un despacho muy funcional, con plantas muy tiesas, vistas a la Castellana y con paredes de cristal que dejaban ver a su través varios más con personas en su interior, sentados delante de sus ordenadores. Quedaron allí en silencio por unos momentos, intercambiando miradas que reflejaban su nerviosismo.

—Buenas tardes —les dijo un tipo muy elegante que entró y tendió la mano a ambos, incluso con una ligera inclinación de cabeza al saludar a La Sandy—. Ustedes me dirán en qué podemos ayudarles.

Era un ejemplar de lo que pudiera considerarse el típico trepa de los negocios inmobiliarios. Con una sonrisa grabada en su cara como un rictus que, supuso La Sandy, tan solo abandonaría al llegar a su casa, cuando su señora le pusiera el plato de la cena delante de sus narices. Estos edificios estaban a rebosar de personas así.

Mientras que tomaba asiento, Miki hizo una seña a La Sandy para que fuera ella la que hablara. Él no quitaba la vista de la rubia a través del cristal. De hecho, le dieron ganas de salir de allí para pedirle un vaso de agua o algo así. Tal vez eso le pudiera dar pie para entablar una conversación, en torno al sabor del agua, a lo bonito del despacho, al buen tiempo que hacía o cualquier otra chorrada. La Sandy se le adelantó.

—Pues verá, es que somos una pareja de recién casados y tenemos interés en alquilar una vivienda en la zona de Lavapiés, que no sea muy grande y sin importarnos que no tenga ascensor; es que nuestro presupuesto es un poco limitado —dijo ella.

—¡Ah!, vamos, sin mucho presupuesto, ¿eh? Es que en los tiempos que corren esto de alquilar un piso se está haciendo inalcanzable para la mayoría. Hay que ayudar a la gente. Ese es nuestro lema —les dijo, satisfecho.

—Sí, están mal las cosas. Es que nos gusta esa zona y, además, trabajamos cerca, por eso lo decimos. Qué bien que ayuden a la gente —añadió Miki con mucho asco.

Los miró de arriba abajo y se preguntaba si en realidad era eso lo que buscaba esa pareja. También le llamó la atención que el tipo ese no le quitaba ojo a la secretaria. Por unos momentos dudó de si enviarlos a la calle directamente. Le estaban pareciendo unos pardillos que no se sabía bien qué querían. Decidió seguirles el rollo.

—A ver, déjenme mirar aquí lo que tenemos —dijo mientras abría un portátil y tecleaba.

Sonó un teléfono en el despacho de al lado y la rubia entró para avisarle de la llamada. Permítanme un momento, les dijo, levantándose y yendo hacia el teléfono.

Le veían hablar detrás del cristal y, entrecortadamente, se escuchaban sus palabras. Se le veía muy alterado y gesticulaba, lo que hacía que su voz tuviera un tono un poco más alto de lo normal. Hablaba en inglés y entonces recordaron lo que Richards les dijo sobre que El Buitre estaba en Estados Unidos. Podría ser eso.

—¿Qué estará diciendo? —dijo Miki en voz baja mientras que La Sandy inclinaba un poco la cabeza hacia la pared.

La Sandy puso sus oídos muy atentos porque, a base de verse *Grease* muchas veces también en inglés, algo de este idioma había aprendido.

Al cabo de un tiempo, volvió con ellos. Siguió manipulando el teclado con la vista fija en la pantalla.

—Bueno, aquí hay algo. Tienen ustedes suerte. Hay un edificio en el que ahora mismo tenemos varias viviendas vacías, cuatro o cinco. Los pisos se van a restaurar y el resto, que ahora están ocupadas, pronto estarán libres —les dijo—. El precio es el que corresponde a la zona.

—¿Nos puede decir en qué calle está? —preguntó Miki.

El hombre seguía con sus dudas sobre esa pareja, pero, quién sabe, a lo mejor de verdad querían alquilar algo. Se detuvo pensativo.

—Estaríamos muy agradecidos con usted —dijo La Sandy, con mirada tierna y labios un poco fruncidos.

El hombre al final cedió, les dijo el nombre y ¡bingo! Era exactamente el edificio de los problemas.

—Pues nos lo vamos a pensar —dijo La Sandy—. Supongo que, si nos interesase, podríamos hacer una visita a una de esas viviendas.

—Claro, no faltaba más. Si quieren, me dejan sus datos y yo les aviso para concertarla.

—Sí, tome nota —dijo La Sandy—. Mi número es…

La Sandy ya estaba dispuesta a dar su nombre y teléfono, aunque, ante una patada certera y oculta de Miki, cerró la boca.

—Bueno, no, no se preocupe. Ya nos pondremos en contacto con usted, si nos deja su móvil —dijo Miki.

Les pasó una tarjeta, se levantó y, muy amablemente, los acompañó a la salida, donde de nuevo los saludó con otra inclinación de cabeza y sonrisa amplia hacia La Sandy. Miki volvió a repasar con su mirada a la secretaria.

Ya en la calle, con pasos apresurados, comentaban sus impresiones de la visita.

—Cuidado que eres metepatas, Sandy, estabas a punto de darle nuestros datos —dijo Miki.

—¡Anda!, y yo qué sé, el hombre ese era muy atento y parecía majo. Me hubiese gustado pillarle por el Grease. ¿Y si era Danny? —respondió.

—Mira, rica, estos son la tapadera del fondo que decía Richards. Eso es seguro. Lo que no sé es qué información tenemos —dijo Miki con cierta pesadumbre.

—Yo escuché algunas cosas cuando hablaba por teléfono —dijo La Sandy.

—¿Síííí? ¿Tú entendías algo? —dijo Miki, alterado.

—Algo. Decían de tomar acciones. No sé qué de hacerlo ya, que no se podía esperar. También que utilizarían todos los métodos. Se disculpaba con el otro de que todavía no lo hubiesen conseguido. Cosas así, sin importancia. Yo creo que hablaban de acciones de la bolsa —dijo La Sandy.

—Sí, acciones de la bolsa. ¡Menudas acciones! Entérate de que las acciones de bolsa en inglés no son *actions*. ¡Cómo eres de inocente, Sandy! —dijo Miki.

—Oye, es que en el Grease no se habla de esas cosas. ¡Yo qué sé!

Miki se quedó un tiempo pensativo. Algo le rondaba por la cabeza. Estaba casi convencido de que a ese personaje lo había visto antes en alguna parte. Iba a seguir dándole vueltas y seguro que pronto lo recordaría.

Canto XIII

La primera batalla
de Los 4 Fantásticos

En esa pequeña calle de Lavapiés los ánimos estaban muy encrespados. La gente se divertía de lo lindo con todo el jolgorio que se había organizado. Los niños se asombraban de lo que veían y parecía que de lo que más disfrutaban era de las correrías de Frankenstein. Ahora eran ellos los que lo perseguían.

Los guerreros de Thanos se habían dispuesto a la entrada de la calle, como la otra vez, con sus uniformes antidisturbios y todo el equipamiento. Al frente, Fernández, con un megáfono en la mano, daba instrucciones a los suyos y, con asombro, observaba el follón que había en la calle. En cierto momento, su mirada se cruzó con la de Richards, que ya lo tenía identificado. Fernández, sorprendido y con cierto terror, volvió sobre sus pasos hacia el puesto de mando.

—Comisario Galván —dijo—, ¿a que no sabe quién está allí, entre toda la canalla?

—Pues si no me lo dices… —contestó Galván, que se encontraba nervioso, porque cómo reaccionar ante eso tampoco se lo habían dicho en la Academia.

—Pues el loco ese que tuvimos en comisaría un par de noches, ese que estaba con el otro. Ya le dije que teníamos que haberles dado un par de hostias. El que me llamaba a mí no sé qué.

—¡Ah!, ese. Thanos, te llamaba Thanos. Pues sí que la tenemos buena.

Richards dispuso sentados en el suelo, delante de donde tenía lugar la fiesta y frente a los guerreros de Thanos, a los vecinos de la vivienda con sus disfraces. Delante, los niños, después las personas mayores y, por último, el único par de jóvenes de la finca, uno de ellos el de las gafas con libro. Y entre todos, de pie, marcando sus figuras gallardas, se encontraban Miguel y Richards, cogidos del brazo. Se mostraban erguidos, fuertes… héroes.

A Richards aquello le parecía sublime. Estaba deseando tenerle enfrente, muy cerca, a Thanos y, antes de que blandiera sus armas, enchufarle el espray directo a los ojos.

Fernández lanzó por el megáfono una diatriba sobre el mantenimiento del orden, amenazas de detenciones, de disolución violenta y no se sabe qué otras cosas, porque el caso es que, con todo el ruido de la fiesta, apenas se le entendía nada.

En cierto momento, a El Gordo, que correteaba con los chavales, en un descuido se le disparó el arma paralizante y lanzó una salva enorme de energía sobre el grupo, en cuyo centro se encontraba el de las bolas subido en la rueda.

Lo que contempló Richards a continuación fue algo mágico. Lo interpretó como el terrible poder que se les entrega a los héroes cuando están en una misión similar a la que estaba inmerso ahora. Seguro que eso era un presagio de la victoria. Vio cómo el malabarista se quedó paralizado sobre el sillín, allá en lo alto. No pedaleaba ni se movía; mantenía un equilibrio estático con sus brazos extendidos para recibir las bolas. Y lo más grandioso fue que estas, que había lanzado al aire, también se quedaron allí congeladas, sin subir ni bajar, y sin ningún movimiento a pesar de la ligera brisa que recorría la calle. Richards aseguraba que otros también lo vieron, porque, además, y según él, alrededor del malabarista otras personas permanecían paralizadas.

Galván se adelantó y pidió conversar con Miguel y Richards, a los que identificó como cabecillas de aquello.

—Digan a esas personas que se disuelvan. Están perturbando el orden y me voy a ver obligado a cargar y detener a todos los que quepan en las furgonetas —dijo muy serio, a pesar de que las manos le temblaban.

—Perdone, señor, esto es una fiesta. Nadie está perturbando nada. Están disfrutando y yo le invito a que pase y disfrute también —dijo Miguel.

—Pues, pues… les doy cinco minutos —dijo.

—Y yo a ustedes diez —remarcó Richards, dando un paso hacia adelante.

Tan seguros los vio que Galván se echó para atrás, sacó su móvil y decidió pedir instrucciones a la superioridad, «por si las moscas».

En una fiesta de vecinos, incluso sin estar autorizada, la policía no podía intervenir desaforadamente. Se organizaría un caos y tal vez habría heridos. Eso saldría en los periódicos, la oposición lo utilizaría y las elecciones estaban cercanas. Eso le dijo su superior después de que este, a su vez, lo consultara más arriba.

Galván ordenó la retirada de sus fuerzas.

Es difícil describir el griterío, los aplausos y el jolgorio que se desató cuando esto ocurrió. Hemos vencido, no pasarán, bien por Miguel, bien por Richards, gritaban todos los presentes una y otra vez.

Mezclado en un grupo con sus compatriotas, a lo lejos, Mamadou sonreía satisfecho y pensaba que, a pesar de todo, a lo mejor estos tipos no estaban tan locos. Un poco de compasión sí le dieron. Ya ves, en su situación y tener compasión por otros, tenía gracia la cosa.

Miguel y Richards se abrazaron. Esto no acaba aquí, le dijo Richards a Miguel muy quedo al oído. Ya lo sé, ya, no te preocupes, le respondió Miguel.

Aquella noche, en la que la fiesta callejera se prolongó hasta altas horas de la madrugada, Richards no pudo dormir a causa de los recuerdos de todo lo que había vivido. Sabía que, en algún lugar, alguien, a quien admiraba le estaba aplaudiendo.

Días después, Richards había convocado temprano por la mañana a Los 4 Fantásticos a una nueva reunión en el Grease, para analizar la situación, comentar los últimos hechos y planear el futuro.

Allí estaban todos con un sentimiento optimista de lo ocurrido. Mamadou no, pues Richards lo dejó con sus tareas domésticas. Sus amigos senegaleses tenían pensado okupar una de las viviendas del edificio amenazado y Mamadou quería pasar luego por allí para ver cómo iba la cosa.

Estaban en el buen camino. Sin embargo, Richards sabía que aún faltaba mucho. Ninguno de los villanos había sufrido golpe alguno y seguían ahí, seguramente preparando nuevas acciones.

—No nos confiemos —dijo Richards—. El otro día vi en los ojos de Thanos un anuncio de que la cosa no iba a acabar ahí. Una victoria no significa el final de la batalla.

—Hemos visto que podemos hacerles frente —dijo Miki—. Y Sandy y yo descubrimos cosas en la inmobiliaria que aún no te hemos contado.

Richards, concentrado en la última acción, no se había parado a pensar en esas investigaciones. Interrogó con su mirada a ambos.

La Sandy, sentada en una banqueta, estaba depilándose las piernas con una cuchilla de afeitar, ante la extrañeza de El Gordo, que pensaba que esas cuchillas solo se utilizaban para la barba.

—Pues ya ves, Richards, nos hemos enterado de mogollón de cosas. Cuéntale, cuéntale, Miki —dijo La Sandy, sin dejar la depilación.

Miki, serio y circunspecto, como el informador que deviene en poseedor de los conocimientos, intervino.

—Pues verás, Richards, hemos sabido tres cosas: la primera es que, efectivamente, ese lugar es la tapadera de los fondos buitre, ellos son los que manejan los alquileres de la casa en desahucio; la segunda es que hemos escuchado, bueno, La Sandy ha escuchado, una conversación con El Buitre en Estados Unidos. Ella lo ha traducido a la perfección y hemos sabido que van a volcar todas sus armas para conseguir sus propósitos. Parece que están desesperados —dijo Miki de una tirada.

La Sandy, al escuchar esto, se levantó y saludó a todos con inclinaciones de cintura como si fuera el final de una actuación. No hubo aplausos.

—Vale, lo que habéis hecho es confirmar cosas que intuíamos. Ya sabemos cuál es su madriguera. Esa es la cueva de Los Seis Siniestros. ¿Cuántos había?

—Entre el que nos atendió y los que pudimos ver por allí, creo que unos cinco —dijo Miki.

—Claro, el sexto Siniestro es El Buitre, que está en New York —remarcó Richards.

Hubo un silencio en el que Richards masculló algo, ante la mirada perdida de los otros tres. El Gordo había tomado otra vez el cubo rubik en sus manos y le tenía absorto.

—Y la tercera, ¿cuál es la tercera cosa que habéis descubierto? —dijo Richards.

—¡Ah, la tercera! Esa es la mejor. —Miki se levantó y alzó los brazos, aunque tampoco hubo aplausos—. Me ha costado recordarlo y al final lo he conseguido. He descubierto quién es el tipo que nos atendió, ahora no me cabe la menor duda. Lo comprobé con diferentes fuentes en internet y periódicos antiguos, y es él.

—¿Y quién es? ¡Dilo ya! —gritó Richards.

—Pues es un político. Se llama Pérez y Pérez y fue concejal del ayuntamiento hace unos años. Probablemente saltó de la política a este tipo de asuntos. A ese se le abrirán muchas puertas, las giratorias, claro —dijo Miki, riéndose.

—¡Ostras! —dijo Richards—. Con la política hemos topado. Esto nos puede crear más dificultades. O sea que tenemos un siniestro político entre los villanos. Vaya, vaya.

En ese momento, entró en el bar Mamadou a todo correr, sudoroso y muy alterado.

—Chicos, problema. Habido problema —dijo, después de lanzarse exhausto sobre un sillón, con un pómulo enrojecido por un golpe.

Mamadou empezó a contar en forma entrecortada cosas raras de la casa y de Miguel que no se entendían muy bien. Ante esa situación, asustados, Richards, El Gordo y Miki decidieron salir corriendo hacia allá para enterarse de lo ocurrido. La Sandy se quedó en el Grease, atendiendo muy solícita y con mucho mimo a Mamadou, al que se veía muy afectado. Tenía la cara tumefacta. Le había alcanzado un puño en pleno rostro y se le estaba hinchando.

Canto XIV

Los villanos de Desokupa

Al llegar, Richards trató de entender lo que había pasado, preguntando a unos y a otros. En las explicaciones se mezclaban, por un lado, una chica muy elegante y guapa, educada y amable y, por otro, una especie de energúmenos que no se sabía de dónde habían salido.

—A ver, de uno en uno, contadme, paso a paso —dijo Richards, ante el tumulto de palabras que contaban lo ocurrido en un sinfín de voces mezcladas.

Parece ser que por la mañana apareció una chica que, con toda amabilidad, quiso hablar con Miguel. Venía acompañada por un hombre que, por lo que contaron de cómo era, Miki identificó como el tipo que les atendió en la inmobiliaria, el político.

—Me ofreció una cantidad si me iba y que me ayudaría a encontrar otra vivienda —contó Miguel, con una bolsa de hielo en su pómulo.

Parece ser que hizo cálculos y esa cantidad no le iba a permitir el pago de un alquiler por más de tres meses. Se negó. Luego le ofrecieron llevarle a una residencia de ancianos, porque tenían contactos en el ayuntamiento y le conseguirían plaza seguro, y que lo mismo sería en una privada o concertada, de lujo. ¡Ja!, yo, en una residencia de ancianos. Ni de coña, les respondió.

—¿Y luego qué pasó? —preguntó Miki.

—Pues luego siguieron y siguieron. Subieron un poco esa cantidad, y yo que no, y seguí con mi no. Lo tenía claro.

—¿Y qué pasó?, ¿entonces fue cuando te golpearon? —dijo Richards.

—¡Qué va! Con mucha educación se fueron. Si bien el tipo, con gesto hostil, me dijo que me lo pensara, que podía tener problemas.

—Y entonces, ¿quién te pegó? —preguntó Miki.

—Así quedó la cosa. Sin embargo, por la noche, alguien llamó a mi puerta, no sé quién les abriría el portal. Entraron de mala manera cuatro tipos como torres, con camisetas de manga corta, negras y ajustadas, en las que ponía «Mediador-Desokupa». Eran impresionantes, rubios, rapados, con brazos como mazas, llenos de tatuajes y que en seguida empezaron a decirme que me largara, que me iban a llevar a no sé dónde. Por cómo hablaban, parecía que eran de algún país del este.

—¿Y te pegaron? —preguntó Richards.

—No, en ese momento no. Empezaron a coger mis cosas y a tirarlas por todas partes. Yo me resistí, y en una de esas, uno de esos individuos me largó un puñetazo que me dio de lleno, lanzándome contra el suelo.

—¿Cómo acabó la cosa? —preguntó Miki.

—Pues como por arte de magia, de repente, en la puerta, aparecieron ocho senegaleses, Mamadou y sus amigos, que eran igual o más altos y fuertes que ellos y se liaron a hostias con esos cuatro. Se han puesto a vivir ya como okupas en el piso de al lado del mío y habían oído ruidos —dijo Miguel.

—¡Caramba! Estos senegaleses aparecen siempre en el momento oportuno —dijo Richards, pensativo y con la mano en la barbilla.

—El caso es que los cuatro villanos al final salieron a todo correr escaleras abajo, porque los senegaleses pegaban a base de bien. Se quedaron muy magullados, y estos apenas tenían algún rasguño. Yo creo que en Senegal les deben dar clases de artes marciales en los coles —finalizó Miguel, riendo.

Richards le dio una vuelta a la situación y utilizó su inteligencia para decidir qué hacer. Estaba claro que los villanos de El Buitre, los Siniestros, también tenían a sus órdenes tropas extranjeras, con probabilidad de una mafia de algún país del Este. La situación era difícil. Aquí es donde se ve la inteligencia y el poder de un héroe, se decía. Además, se preguntaba, ¿y si los senegaleses en realidad fueran otros héroes que alguien había enviado para ayudarle?

—Mira, Miguel —concluyó—. Vamos a hacer una cosa, si a ti no te importa. Veo que en tu casa hay sitio y entonces creo que lo mejor es que, de momento, El Gordo y yo nos instalemos aquí, por lo que pueda pasar, porque esto quizás se repita.

—Ah, por mí, estupendo. Así me haréis compañía. ¿Sabes jugar al ajedrez? —dijo Miguel.

Desde entonces, el ambiente cambió en ese edificio. Pasó el tiempo y no hubo ningún nuevo intento de extorsión ni presión por parte de la inmobiliaria. Parecía que todo se había resuelto. Richards desconfiaba. Un héroe no se fía nunca de los villanos que sabe que siguen ahí, a la espera de algo.

Los senegaleses se integraron a la perfección. Los vecinos los quieren porque colaboran en todo. A partir de entonces, se encargaron de limpiar la escalera, bajar las basuras a los cubos, ayudar a cualquiera que les pidiese algo e incluso a las personas mayores con las compras. Son tranquilos, risueños y se dedican a realizar trabajos esporádicos, a la espera de conseguir los papeles.

El Gordo se lo está pasando estupendamente, venga a jugar con los niños de la casa, que lo adoran y se ríen de sus ocurrencias. Richards y Miguel juegan a menudo al ajedrez y hablan. Hablan mucho.

A Richards, la figura de Miguel le había ido impactando poco a poco. Se enteró de que durante su juventud participó en un montón de revueltas en el barrio, pidiendo condiciones mejores para el transporte, los servicios sociales y otras muchas cosas. Se casó y tuvo un hijo. Sacó adelante a su mujer y al chico con grandes esfuerzos, con dos y tres trabajos al mismo tiempo, sin olvidar todo lo que hacía por el barrio. Era un luchador.

—¿Y dónde están tu mujer y tu hijo? —le preguntó un día Richards.

Agachó la cabeza, se apretó las manos y notó que los ojos se le humedecían. No insistió. Pasado un tiempo, pudo hablar.

—La droga es el peor de los villanos. Mucho peor que los tuyos —le dijo Miguel.

Richards en principio no lo entendió. Pasado un rato, Miguel continuó.

—María y yo lo hicimos todo por él. Fue terrible, yo buscaba a los camellos, me llegué a pegar con uno. Fue imposible. Lo encontraron en un callejón con una sobredosis.

Richards, estupefacto, ya lo vio claro. Las artes de los villanos engullen a cualquiera, joven o viejo, mujeres o niños.

—¿Y tu mujer? —preguntó.

—El COVID pudo con ella. Yo también lo padecí, aunque salí adelante. Ella no. Me quedé solo —respondió Miguel.

Se fue a la habitación, supuso Richards que para enjugar sus lágrimas.

Miguel era un tipo fuerte, no cabía duda, muy poderoso. Le parecía un héroe. Muy distinto a los que él conocía, pero un héroe. Miraba su porte fuerte para su edad, sus ojos muchas veces perdidos en la nada, su estar tranquilo y ese apasionamiento que le brotaba de alguna parte. Se preguntaba cuál de los héroes podría ser de todos los que conocía. A buen seguro que le estaba engañando; en realidad era uno de ellos y no le quería decir su nombre. No acababa de encontrar el que se le ajustase por completo. Tal vez tendría que consultárselo a Reed Richards una noche de esas que venía a visitarle.

Por otra parte, se preguntaba qué problemas habían solucionado él y los suyos. Los senegaleses salvaron a Miguel y todos los vecinos evitaron su desahucio. Ya tenía bien localizados a los villanos; sin embargo, ¿quiénes eran los héroes en esta historia?

Por las noches permanecen en guardia. Atrancan las puertas de las casas con barras y siempre queda una persona, con frecuencia un senegalés, atenta en el portal para avisar por si viniesen los villanos. Colchones contra la puerta de la calle completan la seguridad de la casa.

Cierto día, algo extraño rompió la tranquilidad que se disfrutaba hasta esos momentos.

Dos sudamericanos, que luego resultaron ser colombianos, mal encarados y con tintes de pertenecer a un mundo ajeno, se presentaron en la casa y, muy seguros, subieron las escaleras y se metieron, forzando la puerta, en una de las viviendas desocupadas.

Avisados Miguel y Richards por uno de los senegaleses, se presentaron allí los tres.

—¿Quiénes son ustedes? ¿Qué hacen aquí? —preguntó Richards, algo nervioso.

—Mira, chico, *venimo a vivi aquí. Tú* ya *sabe* —respondió uno de ellos.

—¿Y quién les ha autorizado? —dijo Miguel, muy tranquilo.

—Pues la inmobiliaria, tú *ya sabe*, la no sé qué *felí* —contestó—. Se lo *vamo a alquilá*.

Ante eso, no pudieron decir nada. Los tipos tenían una pinta bastante sospechosa y a ninguno les gustó. Tuvieron que marcharse, con la mosca detrás de la oreja, porque se veía que estos individuos sabían quiénes eran los propietarios. Algo extraño estaba pasando.

Al día siguiente llegaron cinco individuos más que, con igual procedimiento, penetraron en otros dos pisos deshabitados.

Canto XV

Los nuevos villanos

El ambiente del lugar y sus alrededores se deterioró a pasos agigantados. Una nueva banda de villanos fue tomando posesión del edificio y lo utilizaba para sus fines escabrosos. El movimiento de personas a todas horas del día y de la noche lo convirtió en un lugar peligroso. Las tres viviendas que okupan llevaron al límite ese deterioro. Richards decidió hacer una nueva reunión en el Grease con Los 4 Fantásticos para analizar la situación.

Richards planteó el problema. Sacó el tema de la droga.

—Ah, ahí venden porros, ¿no? —dijo La Sandy, de forma inocente.

—Sí, claro, porros. Y otras cosas mucho más nefastas, rica —respondió Miki.

La realidad es que en esos pisos se vendía de todo, en particular caballo y farlopa. Se convirtió en una especie de supermercado de la droga. A veces había colas de gente en el portal, esperando su turno para subir, y coches de alto *standing* en la puerta.

—Hace poco, allí mismo en la esquina, me encontré a un chaval tirado inyectándose —dijo El Gordo.

—Y por el suelo hay jeringuillas por todas partes. Es horrible —dijo Miki.

—Y por las noches organizan unos follones que no hay quien duerma —concluyó El Gordo.

Richards llevaba un rato sin hablar. Pensaba y, cuando los demás ya habían dicho lo que quisieron, habló:

—El otro día vi llegar al que creo que es el jefe de todos estos. Vino en un cochazo de alta gama y tenía chofer. Uno que le estaba esperando en la puerta dijo: «Hola, Trocha». Luego me he enterado de que los suyos le llaman El Trocha, que es un colombiano capo de la droga de Madrid. Sin embargo, sé que tiene otro nombre.

—¡Hostias!, Richards, qué fuerte. ¿Otro nombre? —dijo La Sandy, intrigada.

—Sí. He estado investigando y he podido saber quién es este tipo en realidad —dijo Richards.

Los otros tres se le quedaron mirando con asombro, a la espera de la nueva información.

—Dinos, Richards, no nos tengas así, en vilo. —dijo La Sandy.

—Lo he identificado, estaba claro. A lo que nos enfrentamos es a una entente de varias bandas de villanos. Y en concreto este es el supervillano Snowflame —sentenció Richards.

—¡Qué alucine! Pues estamos buenos. Ya teníamos a Thanos, a El Buitre, Los Seis Siniestros y ahora a este otro. ¡Menuda colección de supervillanos! Los tenemos a todos —dijo Miki, un tanto incrédulo.

—¡Anda!, Richards estás en tu jugo. Tanto tiempo buscando villanos y ahora los tienes a todos reunidos —dijo La Sandy, partiéndose de risa.

Richards la miró con el ceño fruncido. Si no hubiese sido por lo dramático del momento, hubiera cogido a La Sandy por el cuello.

—Sí, los villanos se asocian unos con otros. El nombre real de este es Stefan y es un supervillano que no puede cometer fechorías sin drogarse. Para obtener sus poderes necesita esnifar grandes cantidades de cocaína —dijo Richards.

—¡Qué dices! Menuda pasada de tío —intervino La Sandy.

—Fijaos, el día de su presentación en el mundo de los villanos, dijo: «¡Yo soy Snowflame! ¡Cada célula de mi cuerpo arde en un blanco y fulgurante éxtasis! ¡Mi dios es la cocaína y yo soy instrumento de su voluntad!».

—¡Hostias! —soltó La Sandy, ahora aterrorizada.

—¿Y qué poderes tiene? —preguntó El Gordo, que en esta ocasión lo estaba entendiendo todo.

—Veréis, entre los poderes que la cocaína le da se encuentran la superfuerza, la supervelocidad, la inmunidad al dolor y la posibilidad de drogar a sus oponentes con solo tocarlos —añadió Richards.

—¡Dios!, con solo tocarte —dijo Miki—, pues hay que estar lejos de él, ¿no?

—Ah, y otra cosa, para que le vayáis conociendo, le gustan los coches costosos; las chicas en bikini, siempre las quiere ver en bikini, y suele vivir en grandes y lujosas mansiones —concluyó Richards.

—Entonces, ¿qué hacemos, Richards? ¿Qué podemos hacer? —dijo La Sandy.

—Me he enterado de que algunas familias del edificio, las que tienen niños, están empezando a recoger sus cosas para marcharse. Me voy a quedar sin mis amigos. No aguantan más esta situación —dijo El Gordo.

—¡Noooo! —gritó Richards—. Eso es lo último. Es lo que quieren Los Seis Siniestros y El Buitre.

Dejó pasar un tiempo en el que Richards recorría la sala de un lado a otro, con la cabeza agachada, las manos cruzadas a la espalda y pensativo. Por fin habló.

LOS CANTOS DEL HÉROE

—Vamos a hacer dos cosas —dijo y se quedó mirando al techo.

Ante el silencio tenso de Richards, La Sandy dijo:

—Dinos, Richards, ¿cuál es el plan? Mira que te gusta hacerte de rogar.

—Yo voy a ir con El Gordo allí a convencerles para que resistan y también hablaré con Miguel. Vosotros dos, como sea, tenéis que seguir a Snowflame y enteraros de dónde está su guarida. Luego veremos cómo actuar.

Miki había alquilado una moto. En principio había pensado en una de gran cilindrada, como se merece un héroe de su nivel, pero al final, debido al coste, acabó siendo un ciclomotor. Lo tenía aparcado en la esquina de la calle. Miki y La Sandy vestían vaqueros y demás para pasar desapercibidos. La Sandy aguardaba en un bar tomando cervezas, frente a la moto. Miki vigilaba la entrada del portal a distancia, atento a la aparición de El Trocha.

Así pasaron dos días sin ningún resultado. Mientras tanto, Richards y El Gordo habían conseguido convencer a los vecinos que querían irse para que aguantasen unos días. Miguel era de la misma opinión y le ayudó en esto. Richards, desde el piso de Miguel, que tenía un balcón que daba a la calle, observaba el funcionamiento del operativo. La Sandy y Miki estaban cumpliéndolo a la perfección, aunque La Sandy, sin obtener resultados, estaba ya hartándose y, además, algo influida por las continuas cervezas tomadas en el bar, empezaba a flaquear. No sabía si esto había sido una buena idea. De hecho, llamó un par de veces al móvil de Richards.

—Mira, Richards, que esto es una chorrada. Yo me largo, que el pobre Mamadou lleva ya dos días encargándose de todo en el Grease, estoy hasta aquí de cervezas y eso no puede ser —le dijo a Richards.

—Aguanta, Sandy, aguanta. Que los héroes se caracterizan por su paciencia —respondió Richards.

—Ni héroes ni leches, que yo me voy —le dijo La Sandy, a la que la cabeza le empezaba a dar vueltas.

Justo en ese momento, vio que Miki le hacía señas desde su posición.

—Aquí está, ya ha llegado el villano. Corto —dijo La Sandy a Richards, dispuesta a actuar.

Miki se acercó pausadamente. El cochazo estaba frente al portal. El Trocha había subido a la casa y un tipo malencarado permanecía al volante. Miki se dirigió a la moto. La Sandy salió del bar un poco mareada y, dándose besos como dos que se encuentran por casualidad, se pusieron a charlar con disimulo, observando al coche con el rabillo del ojo.

Pasó un tiempo en el que ya estaban perdiendo la paciencia. Al final bajó El Trocha, se metió en el automóvil y arrancó. Miki subió al ciclomotor y La Sandy, tambaleándose, se montó detrás, se agarró fuerte a Miki y cerró los ojos.

Los siguieron, guardando una distancia prudencial. El coche atravesó calles. La poca potencia del ciclomotor fue compensada por el transitar lento, debido a la acumulación de coches en la calzada. En cierto momento, el coche paró a un lado en una acera.

—¿Qué ha pasado? ¿Qué ha pasado? —dijo La Sandy, abriendo los ojos medio dormida.

—Nada, nada, que han parado.

El Trocha se bajó del coche y en seguida otra persona se le acercó. Se saludaron, hablaron un rato y al final ese hombre le pasó a El Trocha un sobre con disimulo. Volvió a entrar, se pusieron en movimiento y se unieron de nuevo al tráfico. Subían por la Castellana, ellos detrás.

Después de tomar la carretera de Burgos, se desviaron hacia La Moraleja. El ciclomotor con dificultad podía seguirles a esas velocidades y a punto estuvieron de perderle. A La Sandy se le salió un zapato de tacón alto que cayó rodando por la autopista. Miki se negó a volver, como le pidió La Sandy, para intentar recuperar el zapato que ya había sido espachurrado por varias ruedas.

El coche se introdujo por calles con jardines y casas de alto postín y, después de un tiempo, paró delante de un casoplón, como les dijo Richards. La puerta del garaje se abrió automáticamente y el coche se introdujo. Anotaron con detalle la dirección y la ubicación en el GPS.

Miki estaba alucinado y La Sandy casi que no se enteraba de nada, con los ojos entornados. Además del lugar en donde se encontraba la guarida del villano, habían descubierto algo que a Richards le iba a encantar. Se felicitaron por su éxito. Miki llevó a La Sandy al Grease y fue a devolver el ciclomotor al alquiler; no podía gastar más dinero en eso, aunque había merecido la pena. De inmediato fue a buscar de nuevo a La Sandy y juntos se dirigieron a hablar con Richards.

Canto XVI

Las jugarretas de los villanos

Richards estaba en el piso de Miguel delante del ajedrez. Esta partida era parecida a la que ahora mismo se traía entre manos, peleando contra los que querían hacer daño a los indefensos. Analizaba con detalle los movimientos y las jugadas de cada ficha y lo hacía de igual forma que en su lucha contra los villanos, con pulcritud y conociendo a la perfección cuáles eran sus poderes y las debilidades de los enemigos. Estudiaba con sigilo todas las estrategias posibles, las miles de combinaciones. En ambos casos se veía vencedor, próximo al jaque definitivo. Sin embargo…

—¡Jaque mate! —gritó Miguel, muy ufano.

—¡Me caguen…! ¡Me despisté! —dijo Richards, compungido.

Analizaba cuál había sido su descuido en la partida, cuando Miki llamó a la puerta. Miguel le abrió. La Sandy venía con él.

—¡Joder!, cómo está el patio. Hay más de diez personas en el portal esperando subir a por droga y tienen unas pintas que dan miedo. También hay un tío pinchándose en la escalera —dijo Miki, sin apenas saludar.

Miguel y Richards vieron que venía algo alterado. Les contó el seguimiento que La Sandy y él habían hecho y que ya sabían dónde estaba la guarida de El Trocha. A Richards le sorprendió que estos dos aprendices de héroe hubieran conseguido tamaño éxito.

—Casoplón casoplón. Cómo mola esa casa. Ya me gustaría algo así —dijo La Sandy—. Tenías razón, Richards. El tipo ese vive como Dios.

—Hay más cosas. Hemos descubierto algo importante —continuó Miki, ante la expectación de los otros dos, que pararon de recoger las piezas del ajedrez.

—¿Qué es? —dijo Miguel.

Richards todavía no confiaba mucho en la capacidad de La Sandy y Miki, sin embargo, había que oírle.

—Pues que hemos pillado a El Trocha conversando con alguien y le pasó un sobre, tal vez un mensaje o quizás dinero —continuó Miki, alargando la expectación que creaban sus palabras.

—Mira, Miki, como no lo sueltes ya, te voy a dar un pescozón de esos que te da tu hermana —dijo Richards—. ¿Quién era?

—¡Chan, chan! —comenzó Miki—. Era Pérez y Pérez, el político ese de Vivienda Feliz. ¿Qué os parece?

Richards se quedó con la boca abierta. Se unían los hilos. Un miembro de Los Seis Siniestros en clara connivencia con Snowflame y con contactos en las altas esferas de la política. La colaboración entre villanos quedaba demostrada y también que los narcos habían sido enviados allí por la inmobiliaria.

—Está claro a lo que se dedica Vivienda Feliz —dijo Miki.

—Así es —dijo Richards—. Han metido ahí a esos colombianos y han convertido esas viviendas en narcopisos. Quieren que ese lugar se convierta en un infierno y que la gente se vaya de allí por propia voluntad. Luego les darán a esos unos miles de euros y los mandarán a otra casa para seguir haciendo lo mismo.

Richards tuvo que cambiar su opinión sobre estos dos héroes. La Sandy y Miki estaban comportándose a la altura de las circunstancias.

Ahora tenía que poner en marcha el siguiente paso y para ello necesitaba la colaboración de Miki.

Días después, La Sandy se había levantado temprano y se apresuró a pasar por el Grease a hacer una limpieza. Ese día Mamadou no iba a ir a primera hora, porque tenía que acercarse a algún lugar oficial para seguir tramitando sus papeles. Soledad y La Sandy le habían dado unos documentos en los que quedaba claro que tenía trabajo y quería añadirlos a su petición de residencia.

Esa mañana La Sandy se encontraba feliz y canturreaba. Se sentía útil por lo que había conseguido con Miki y eso de alguna manera llenaba la sensación de vacío que en ciertos momentos le acongojaba. Esto de los héroes y los villanos le seguía pareciendo una locura de Richards, sin embargo, parecía servir para algo, si es que al final podían ayudar a las gentes de ese edificio. Y, mirándolo bien, le estaba dando un nuevo sentido a su vida.

Se le había pasado cerrar con llave la puerta de la calle y entonces un par de personas entraron sin apenas hacer ruido.

—Oigan, perdonen, que todavía no hemos abierto.

Aquellos no hicieron caso. Eran dos tipos fornidos y con pinta de ser de algún país del otro lado del Atlántico. Miraban a su alrededor y uno de ellos se dirigió a la trastienda, a comprobar que no hubiera nadie más.

—Oigan, que tienen que salir, que no está abierto —repitió La Sandy, ya con un cierto nerviosismo.

Aquellos seguían sin decir nada y, en un rápido movimiento que se notaba preparado, uno la sujetó con fuerza por detrás y le tapó la boca con una manaza. El otro se asomó a la calle y, viendo que no pasaba nadie, entre ambos y a pesar del forcejeo de La Sandy, la introdujeron en la parte de atrás de un coche que estaba frente a la puerta con un tercero al volante.

La colocaron entre ellos, le pusieron una ancha cinta adhesiva en la boca y le cubrieron la cabeza con una capucha que le impedía ver. El coche se movió a toda velocidad. La Sandy, al principio, se agitaba y pataleaba; de hecho, al de su derecha le dio un cabezazo con ganas, aunque no sirvió de nada.

Richards le daba vueltas a la situación y veía que la cosa no iba a resultar fácil. Tenía enfrente a varios villanos y él solo disponía de unos aprendices de héroe que, si bien le estaban ayudando, no desplegaban del todo los poderes que se les suponía. Por otra parte, él solo disponía de su inteligencia como poder, incapacitado para desarrollar armas letales al no tener ya un laboratorio. Echaba en falta los consejos de Reed Richards que hacía mucho que no le visitaba para aconsejarle, aunque le consolaba saber que los héroes a veces dudan de sus capacidades y eso era lo que le estaba pasando ahora.

Durante la última noche de insomnio, después de haber sabido los descubrimientos de La Sandy y Miki, se le ocurrió un plan en el que una parte fundamental era contar con Miki y por eso ese día lo citó en su casa.

—A ver, Miki, necesito tu ayuda —dijo.

—Lo que digas, Richards. Tú ya ves que cumplo lo que se me dice —respondió.

—Sí, ya sé, veo que estás creciendo como héroe, ahora tienes que dar un paso más. Eres una pieza fundamental.

Miki, con la autoestima por las nubes, se movió en su asiento y tembló por dentro. A ver qué se le habría ocurrido a este ahora, pensó asustado.

—Tú sabes que tenemos enfrente a varios grupos de villanos. Están Los Seis Siniestros en Vivienda Feliz, con El Buitre a la cabeza, que controla todo a distancia, Thanos con sus guerreros y Snowflame con sus secuaces de la droga —dijo Richards.

—Lo veo, lo sé y lo entiendo —repuso Miki—. Fastidiada está la cosa, sí.

—Lo que debemos hacer es separarlos, crear distensiones y luchas entre ellos. Ya sabes, divide y vencerás —dijo Richards.

—¿Y cómo hacemos eso?

—Pues así: vas a ir a Vivienda Feliz, vas a hablar con Pérez y Pérez, y le vas a contar esto que voy a explicarte —dijo Richards.

Richards le expuso su plan, ante la mirada atenta de Miki, al que le pareció muy inteligente por su parte.

—¡Ostras! ¡Qué bueno! La que se puede liar —dijo Miki.

Miki aceptó, porque pensaba que eso no le iba a suponer un gran esfuerzo y en apariencia no entrañaba mucho peligro. Tendrían que ver cómo hacerlo.

La Sandy temblaba en un rincón de una habitación en la que había una cama, una mesa pequeña y dos sillas. Tenía la boca apresada por una cinta y las manos y los pies atados. Pasó algún tiempo que se le hizo muy largo y maldecía el haberse metido en este lío que no sabía cómo iba a acabar. «¡Mierda de héroes!, ¡mierda de Richards, Cándido o como se llame!», se decía con tristeza y miedo. No quería llorar.

Pasado ese tiempo, la puerta se abrió y ahí estaba El Trocha con dos secuaces detrás.

El Trocha era un auténtico macarra, como algunos que habían pasado por su bar y a los que El Gordo largaba de inmediato a la calle. Echaba de menos que ahora no estuviera aquí. Llevaba un pantalón amplio negro, con un ancho cinturón con cristales brillantes y una camisola de seda aterciopelada de manga larga, también negra, con botones, tal vez de plata, hasta medio pecho, dejando ver una selva peluda y un collar de oro, o de lo que fuera, con cuentas gruesas. Fumaba y exhalaba el humo, formando aros que contemplaba mientras se deshacían. Repasó muy rápido las características que Richards les había contado de este villano y tembló.

—Anda, mira lo que *tenemo* aquí —dijo El Trocha, dirigiéndose a ella de una forma muy lenta—: ¡quitadle el bozal!

Uno de los secuaces le arrancó aquello a lo bestia. La Sandy pegó un grito y pensó que se iba a ahorrar la siguiente depilación de esa zona.

—Hola *mamasita*. Tú *ere* una nena chimbita, un *biscoscho* —dijo El Trocha.

—Y yo sé quién eres tú —dijo La Sandy, sacando valor de algún lugar escondido.

—Ay, sí, no me diga. ¿Quién soy yo, *mi mor?*

—Eres Snowflame. Te conozco. Y sácame de aquí porque mis amigos van a venir a por ti, saben dónde estamos —dijo.

—¡Ay! Snow ¿qué? Qué risa me da. *Tú sabe*, yo estoy tragado por ti. Me gustan *carnosita,* como tú —dijo él, rozándole despacio con un dedo en los labios—. Y me *va a ayudá.*

La Sandy, nerviosísima, apartó la cara de golpe. Vio que El Trocha se había sorprendido, al darse cuenta de que sabía quién era. «¡Ahí le he dado!», pensó. Este tipo le estaba pareciendo muy ridículo, y mira que se había topado con individuos así en el Grease. Pensaba que esta imbecilidad no iba a durar mucho tiempo, sin embargo…

Uno de los secuaces extendió diez líneas de un polvo blanco en la mesa. El Trocha se acercó y con un tubo de papel las esnifó de una en una, en un momento. La Sandy recordó que Richards les dijo que eso le daba el poder a Snowflame. Si dejaba que le tocara, ella también estaría drogada, ¿cómo evitarlo?

—Tú ya *sabe*, me gustan las *chimbitas* en bikini. O sea que ¡ponte esto! —gritó, lanzándole las dos piezas a la cara.

Ella se negó, aunque, ante el par de tortazos que le dieron, no tuvo más remedio que aceptarlo. Le soltaron las manos y los pies y esperaron a que se lo pusiera.

—¿Podéis iros mientras me lo pongo? —suplicó.

—Ay, ¿tú qué vaina *dise, mamasita?* Que cortita *ere*. ¡Ponlo ya! —dijo, amenazando con un brazo levantado.

—Bueno, por lo menos daros la vuelta.

—Muy bien, *mor.* —Los tres se la dieron.

Se desnudó y se puso el bikini, que en realidad era un tanga.

—*Ya* tú *sabe*. Estoy *hot* —dijo El Trocha, aproximándose—. Me *vo a diverti* contigo, pero *ante* me *va a conta* una cosita *mu* linda.

A ella ya le habían atado a una de las sillas, con las manos a la espalda. El Trocha puso la suya delante, y le acariciaba la cara, el cuello y los pechos.

—¿Quiénes sos tú y tus amigos? ¿Qué querés y quién os manda? —dijo El Trocha, esta vez en un tono nada amable.

Ella se quedó callada. Recibió un nuevo tortazo de uno de los secuaces y contuvo las lágrimas.

—Ay, no me *llore* tú, chimbita, que *soy mu* sensible —dijo mientras le metía la mano por debajo de la parte inferior del bikini.

Ya la había tocado y La Sandy empezó a pensar que la droga comenzaba a hacerle efecto en su cabeza; se veía flotar. Tal vez fueran imaginaciones suyas, o sugestión, pero ella sintió el inicio de un largo viaje.

El Trocha aprovechó el principio de desvanecimiento de La Sandy para manosear todo su cuerpo, a la vez que le golpeaba de cuando en cuando. Era un sádico maníaco, como anunció Richards. Ella luego no pudo recordar cuánto duró eso.

Al rato pudo ver, con los ojos entornados y medio en sueños, la aparición de uno de los secuaces con una tenaza amenazante en la mano y una sonrisa procaz en el rostro.

—Ay, miiiira mi *mor,* que juguetito nos traen. ¿Te *imagina lo que no vamo a divertí* con eso? —dijo El Trocha.

Le descubrió los pechos, los tomó de las manos y se los ofrecía a la herramienta.

—*Ya tú sabe* que me *va a contá muscha cosita* —continuó El Trocha mientras se aproximaba el de las tenazas.

La Sandy, horrorizada, entró en crisis nerviosa, con convulsiones. No quería llorar, pero sus ojos en blanco tomaron forma de lágrimas. Al final, perdió el conocimiento.

No recordó más. Cuando despertó, tan solo sentía los golpes en la cara y un terrible dolor de cabeza. Tumbada en la cama del mismo cuarto, descansaba. Las manos y los pies continuaban atados.

Canto XVII

Los héroes tienden trampas

Miki se volvió a vestir de forma especial. Eso era ahora, un héroe elegante. Lucía un *look* que, estaba seguro, inflamaría los deseos de las mujeres con las que se cruzara.

Y si no, había que fijarse en la mirada que le echó la secretaria de Pérez y Pérez cuando lo recibió en la inmobiliaria. Hoy la rubia llevaba minifalda y tacones altos, que se ajustaban a la perfección a sus ensoñaciones de conquistas ardorosas.

—Un momento, ahora le recibe el señor Pérez y Pérez cuando acabe su llamada. Siéntese ahí, por favor —le dijo la rubia, colocándolo en un sillón frente a su mesa, desde donde podía escrutarle más allá de las rodillas.

Poco tiempo después, Pérez y Pérez salió de su despacho acristalado y le pidió que pasara.

—Bueno, pues usted me dirá. ¿Se han decidido ya a alquilar esa vivienda? —dijo, después de que se sentaran.

—En eso estamos. Verá, es que mi mujer y yo fuimos por allí y vimos algo que no nos gustó mucho. Se percibía un ambiente extraño, con personas que parecían de otro país y con actitudes un tanto raras.

—No, no me diga. Lo conozco. Eso va a durar poco tiempo, se lo aseguro —interrumpió Pérez y Pérez.

—Pues es que nos resultó extraño y, tanto fue así, que nos acercamos a la comisaría del barrio, porque mi mujer es prima del comisario, para preguntarle si sabía algo de eso. Y nos contó algunas cosas.

—Ah, o sea que conocen al comisario Galván —dijo.

—Sí, ya le he dicho que es primo de mi mujer.

—¿Ah, es su primo? ¿Y qué les contó? —dijo Pérez y Pérez con un cierto nerviosismo—. Señorita, tráiganos unos cafés —gritó.

—Pues nos dijo que esa gente está haciendo ahí una especie de paripé, ya me entiende. Que eso se acabará en cuanto él lo ordene.

Apareció la rubia con una bandeja y los cafés. Miki la repasó de arriba abajo. Al mirarla, notaba un fuego interior que tal vez tuviera que ver con el poder de las llamas que Richards le había presagiado que iba a tener. Sería eso.

—Ah, sí, lo que yo le decía. Estarán ahí por poco tiempo. ¿Y por qué dijo que en cuanto él lo ordenara? ¿Los va a echar?

—Es que, sabe, quería contarle algo que me gustaría que no lo comentara con nadie, que lo mantuviera en secreto —dijo Miki.

—Ah, sí, claro, por supuesto. Diga, diga.

—Pues es que parece ser que el jefecillo de esa gente, El Trocha lo llaman, trabaja para ellos, según me dijo Galván —continuó Miki.

Pérez y Pérez se movía en su asiento. Su nerviosismo ya era claro y, al escuchar esto, el sorbo de café que estaba tomando se le atragantó y se puso a toser de tal modo que parecía que fuera a ahogarse. Cuando se repuso, preguntó.

—¿Que trabaja para ellos? ¿Quiénes son ellos?

—¿Ellos? Pues la poli, claro. Está en combinación con Galván. Ese Trocha es un infiltrado que tienen ahí prestándoles un servicio, a cambio de dejarle hacer sus trapicheos. Parece que en esa casa ocurren cosas un poco raras y la poli quiere saberlo —contestó Miki, muy tranquilo.

Pérez y Pérez se levantó de su asiento. Se puso a dar unos pasos por el despacho, abrió la puerta y le pidió a la rubia que se fuera a traer tabaco. Estaba claro que aquello lo había descompuesto. Miki se frotaba las manos, satisfecho. Tenía pinta de que se lo había tragado.

—Y… ¿ustedes tienen plena confianza en ese Galván? Ya sabe, a lo mejor les ha metido un bulo para vete tú a saber qué —dijo Pérez y Pérez, pasado un tiempo.

—No, no, qué va. Esta persona tiene plena confianza con mi mujer, se conocen desde muy pequeños —repuso Miki muy seguro.

Pérez y Pérez se quedó un rato pensativo, como dando vueltas a lo que a continuación le iba a decir.

—Oiga, una cosa al margen. ¿Usted estaría interesado en trabajar con nosotros, aquí en Vivienda Feliz?

Miki se quedó sorprendido. Aquello fue una completa sorpresa.

—No entiendo, ¿a qué se refiere?

—Sí, hombre, una persona joven como usted, que muestra grandes capacidades y sobre todo con los contactos que tiene, tal vez aquí podría encontrar lo que anda buscando. Sería un trabajo seguro, tranquilo y agradecido.

—No sé, es que yo… —Miki no salía de su asombro, eso no se lo esperaba. Por otra parte…

Pérez y Pérez escribió algo en un papel. Se lo pasó deslizándolo sobre la mesa boca abajo y luego dijo:

—Mire, esto es lo que le ofrecemos al mes más las comisiones, que son muchas.

Miki dio la vuelta al papel y leyó una cantidad alucinante. No sabía si estaba soñando o qué. Con eso podría hacer lo que quisiera. Jugar en bolsa, mujeres y cualquier otra cosa, mientras que lo de Richards le estaba pareciendo cada vez más una quimera.

—Y, por supuesto, la vivienda por la que están interesados está incluida en el contrato. Sería algo aparte, adicional, digamos.

Miki quedó en *shock*. Paralizado, tambaleante, constreñido, mudo y sin poder reaccionar. No podía aclarar el revuelo que se le formó en la mente. Se le estaba planteando dejar de ser un héroe de Richards para embarcarse con sus enemigos villanos. No sabía qué decir.

—Me lo pensaré y ya le diré —dijo con el susto metido en el cuerpo.

—En definitiva, que me tiene que responder a esto o, si no lo acepta, decir si les reservo el piso, porque tengo otras personas interesadas —concluyó Pérez y Pérez.

—Sí, claro, en poco tiempo sabrá de mí, de nosotros, quiero decir. No se preocupe —dijo Miki, a la vez que se levantaba y se despedía.

Al salir, echó un último vistazo a la rubia. Ya la veía de subordinada: ¿me puedes traer un café? Oye, por cierto, ¿estás libre esta noche? Podríamos cenar juntos y luego tomamos una copa en mi casa, se imaginó. Tal vez esto era tan importante como el sueldo que le ofrecían.

Al irse, pudo ver a través del cristal que Pérez y Pérez, muy excitado y gesticulando con los brazos, hablaba a gritos con alguien por teléfono.

En el Grease todo era desesperación. El Gordo, Miki y Mamadou se movían de un lado para otro. Habían estado buscando a La Sandy y no aparecía por ninguna parte.

—Le ha pasado algo, seguro —dijo El Gordo.

—Pues yo he ido a comisarías y hospitales y ahí no está —repuso Miki.

—Cuando yo llegar, la puerta estaba abierta. Y había una mesa por los suelos. Se la han llevado. Alguno se la ha llevado —dijo Mamadou.

—Ella sabrá defenderse. Es una heroína —dijo El Gordo.

—Y una mierda, Gordo, debe de estar jodida —contestó Miki.

—A ver si Richards venir y decir qué hacer —concluyó Mamadou.

Sin embargo, Richards había llegado a la conclusión de que tal vez fuese el momento de contactar con la policía. En muchas ocasiones los héroes colaboran con ellos. Convendría que, para lo que le había ocurrido a La Sandy y las acciones que preparaba, la poli estuviera de su parte, y el tal Galván parecía ser de fiar. No era héroe y tampoco villano. Lo único que tendría que dejar claro es que a Thanos no le diera ninguna información de lo que le iba a contar, porque Galván no se acababa de convencer de que tenía a un villano infiltrado en su comisaría, ya se daría cuenta. La colaboración policía-héroes en muchas ocasiones funciona.

Se presentó en la puerta y pidió hablar con Galván. El poli lo reconoció como aquel loco que estuvo allí un par de noches. Lo dejó pasar. Lo llevaron a su despacho. Galván estaba tan elegante como siempre.

—Buenos días, señor… —empezó Galván, tendiéndole la mano.

—Richards, me llamo Richards —respondió.

—Sí, eso. Usted me dirá qué le trae por aquí.

—Quiero denunciar un secuestro. Eso quiero —dijo Richards.

—¿De qué me habla? ¿A quién se refiere?

Richards le puso al corriente de los asuntos a toda velocidad, en un tremendo agolpamiento de cosas indescifrables para Galván. Se mezclaban los héroes, los villanos, un tal Buitre, otro Snowflame, Los 6 Siniestros y, para acabar:

—La secuestrada pertenece a Los 4 Fantásticos —dijo, como remate de la exposición.

Galván se quedó con los ojos muy abiertos, estupefacto, confirmando que este hombre estaba bastante mal. No sabía si echarlo a patadas de allí o qué hacer, aunque, por otra parte, quizás lo del secuestro sí que era real. ¿Qué pasaría si, a poco de empezar su carrera, apareciese una mujer muerta y alguien supiese que había sido informado y no se había hecho nada? Este individuo le estaba amargando. Se planteó la opción de pedir el cambio a otra comisaría.

—Vamos a ver, señor… Richards, dice que esta señorita fue secuestrada. Dígame lo que sepa, sus datos, cuándo ocurrió y dónde. ¿Sospecha de alguien?

Le informó de todo, incluso aportó una foto. Luego volvió a hablarle de los de la coca y El Trocha, que son los que él pensaba que la habían secuestrado, en combinación con Vivienda Feliz y El Buitre.

—Oiga, ahora que lo dice, a esos de Vivienda Feliz los conozco. Han venido por aquí alguna vez, con una orden judicial para pedirme que desalojemos a unas personas que okupan sus viviendas en Lavapiés. Siempre me han dado muy mala espina.

—Ahí está el origen de todos los problemas. Ese es el centro de los villanos —dijo Richards, satisfecho.

Richards se fue contento de la conversación. No sabía si harían algo por La Sandy, porque la poli es menos veloz que los héroes. Pero ya estaban informados y en algún momento tal vez precisase de su ayuda. Contra los villanos, todo apoyo era bienvenido.

—¡Adiós, superhéroe! —le gritó el poli que estaba de guardia en la puerta, cuando Richards salía.

Por su parte, Galván se quedó con muchas dudas. Era evidente que este hombre estaba mal de la cabeza, aunque había dicho cosas que tal vez tuviesen algún sentido. Por supuesto que iba a iniciar investigaciones por el tema de ese secuestro para ver qué parte de verdad había en todo ello.

Canto XVIII

La salvación de la heroína

Era por la mañana cuando Mamadou, El Gordo y Miki estaban en el Grease muy apesadumbrados por lo de La Sandy. Pensaban que había que buscar alguna solución, si bien Richards no les comentó nada y eso los tenía muy nerviosos.

—Vosotros que podéis, tendríais que pensar algo —dijo El Gordo, restregándose las manos—. Porque algo hay que hacer. A mí no se me ocurre nada.

—Yo estoy seguro de que han sido los hombres de El Trocha, o Snowflame, como lo llama Richards. El de Vivienda Feliz seguro que no y entonces, ya me diréis —dijo Miki.

Miki se debatía entre la oferta que había recibido y su lealtad a estos. Sin embargo, lo de La Sandy era muy serio y ahí no cabían vacilaciones.

—A saber lo que le estará pasando, pobrecilla —gemía El Gordo—, a lo mejor habría que decirlo a la policía, ¿no?

Mamadou hasta entonces permanecía en silencio. Sentado en un rincón, miraba a estos dos y pensaba muchas cosas. Al final dijo algo.

—Oye, Miki, tú tener dirección de guarida de esta gente, ¿no? ¿Podría yo tener?

—Sí, claro. Aunque no sé para qué. No le digas a Richards que te la he pasado —respondió Miki.

—Vale —dijo Mamadou.

Después, todos salieron de allí muy tristes y desesperados.

La noche era cerrada y se acercaba la madrugada. Algunas nubes tapaban el escaso reflejo de una luna que no era llena. Las calles de la urbanización de La Moraleja estaban solitarias, sin tiendas ni bares. La gran mayoría de las casas eran adosadas y tenían mucha protección, con recias vallas, puertas herméticas y vigilancia. Algún perro ladraba a lo lejos. En esa casa, en apariencia, no los había.

Una sombra se acercó a la puerta de entrada. Miró a un lado y a otro y pulsó el botón del interfono. Pasó un tiempo. Nadie respondía. Se encendió una luz sobre la puerta.

—¿Quién es? ¿Qué desea? —dijo el altavoz.

—Amazon.

—Se ha confundido. Aquí no es.

—Paquete urgente. De Vivienda Feliz.

Hubo un silencio y transcurrió el tiempo. Una puerta de la casa se abrió al fondo. Unos pasos avanzaron atravesando el jardín. Una llave giró y la entrada de la valla se quedó entreabierta con una figura detrás.

El repartidor, negro como el ébano, colocó una pierna para impedir que se cerrara de nuevo. Llevaba la indumentaria apropiada y un paquete con el logo de Amazon en una mano. En la otra, un cuchillo escondido.

—Oiga, usted, qué vaina es… —dijo el que salió a abrir.

Un empujón a la puerta y el paquete, que ocultaba una piedra, golpeó directamente en su cabeza. Cayó al suelo y allí le colocó una cinta en la boca y le ató las manos. De inmediato, y de algún lugar de la calle, aparecieron siete hombres más, todos de color.

Sin apresurarse y sin hacer ruido, atravesaron el jardín. Sabían que allí había tan solo tres más. Lo estuvieron contabilizando con el movimiento de personas en entradas y salidas durante todo el día y lo que iba de noche.

La puerta de la casa estaba abierta, se la dejó así el que quedó grogui en el suelo de la entrada. Penetraron en el salón, a oscuras. Se repartieron por la habitación.

—Juan José, Juan José. *Onde tas metío* —dijo una voz que entraba.

Sin dejarle que encendiera las luces, un puño oscuro golpeó con fuerza su cabeza y en el suelo, le tapó la boca y lo acalló con más golpes.

Se movieron al interior. Al entrar por un pasillo, dos más, que salían en ese momento de otra habitación con unos sándwiches en la mano, se toparon de frente con ellos.

—¡Oh, no! —gritó uno—. Son *lo africano.* —No le dic tiempo a decir más.

Y entonces ambos recibieron una buena tunda de golpes que los dejó tirados en el suelo de inmediato. Uno de los senegaleses, agarró los sándwiches y se los metió en el bolsillo, para la cena.

Se repartieron en busca de La Sandy. Al final, Mamadou fue el que la encontró atada y dormida en un cuarto un tanto siniestro. Según entraba, otro colombiano le atacó por la espalda con un cuchillo. Habían hecho mal las cuentas, quedaba otro más. Mamadou se revolvió y con una patada directa al rostro lo tiró al suelo, aunque no le hizo soltar el cuchillo. El tipo lo levantó desde allí para lanzárselo. En eso apareció otro senegalés y, de otra patada, lo desarmó.

La Sandy despertó y miraba a Mamadou con una alegría infinita en su cara. Mamadou se acercó y, según la desataba, la sonreía.

—Hola, Sandy, ¿qué tal estás? Ya todo ha pasado.

—Hola, Danny —dijo La Sandy, rebosante de alegría—. Llevo mucho tiempo esperándote y al fin te he encontrado. Eres mi Danny.

Salieron de esa casa a toda prisa.

Richards estaba impresionado por la acción de Mamadou y sus amigos. Ahora lo miraba de otra forma, ya apenas sin dudas.

—Mamadou —le dijo un día—, dímelo. Ahora lo sé. Qué héroes sois. ¿Cómo os llamáis?

—¿Héroes? No ser héroes. Esto fácil. Solo era querer hacer. Lo que fue héroe fue pasar Atlántico con patera. Y eso hacerlo muchos.

—*Mecaguenlá*, Mamadou, no me engañes. Sois héroes.

Él, asomaba sus dientes al sonreír y seguía con la fregona dándole al suelo del Grease.

Apareció La Sandy, que estaba exuberante. Ya está recuperada de los golpes que recibió en su secuestro, lo único que le quedaba era alguna marca que borraba con sus habituales cremas. Ya solo tiene ojos para Mamadou, al que ahora se ha empeñado en llamar Danny. Se le ha metido en la cabeza que lo único que le falta es que baile bien. Harían una pareja espectacular, decía.

Le está dando clases y avanzaba mucho. Según ella, los africanos poseen un sentido del ritmo tremendo y este Danny tiene madera.

—Sandy, ¿y qué pasa con tu otro alumno?, tu entrenador personal —le preguntó Miki.

—Ah, ese. Nada, es un negado. Un pato. Tendrá muchos musculitos, pero de bailar, nada de nada. Es soso soso —respondió La Sandy.

—¿Y ya no vas al gimnasio tampoco? —dijo El Gordo.

—Paso de eso. Me estaba matando. Hemos decidido que somos buenos amigos y cada uno en su espacio. Chao, le he dicho —dijo La Sandy, a la vez que miraba a Mamadou con ojos tiernos.

Richards, que estaba en una mesa de un rincón, delante de su vaso de Vichy y tomando notas en un bloc, intervino en la conversación.

—A ver, chicos, hay que actuar. Tengo un plan.

Todos, excepto Mamadou, se sentaron a su alrededor con expectación.

—Mirad. Lo tenemos a huevo. Sabemos dónde está la guarida y los guerreros de Snowflame y que se les puede vencer, que son vulnerables. Si destapamos todos sus rollos, daremos un buen golpe también a Los 6 Siniestros de Vivienda Feliz.

—Pues yo ahí no vuelvo —dijo La Sandy—, que las pasé putas.

—Bueno, si no quieres, no vengas. No te vamos a obligar —dijo Richards.

—¿Y a qué vamos?, ¿a destrozarlos? —dijo El Gordo.

—Bueno, a eso y sobre todo para localizar dónde tienen escondida la droga, que seguro que está allí. Y, una vez que lo descubramos, se lo comunicamos a Galván para que vaya a por ellos —contestó.

—Ah, muy bien. Llevaremos la pistola paralizante y los espráis de mostaza —dijo El Gordo.

—Eso es, eso es —dijo Richards, eufórico.

Miki estaba a un lado, pensativo. Lo de los héroes y villanos estuvo bien, pero pensaba que ahora se estaban metiendo en un buen lío. Esto ya no es un juego, es algo muy serio y su hermana lo pudo comprobar por ella misma, eso era la prueba. Y, por otra parte, estaba esa oferta de Vivienda Feliz.

—Mira, Richards, yo no voy a ir. Es que no veo claro todo esto y me parece un poco loco. No sé si quiero arriesgarme a que me maten esos tipos —dijo Miki, ante la mirada asombrada del resto, incluido Mamadou, que escuchaba en silencio.

—Bueno, Miki, no pasa nada —dijo Richards, ocultando la gran tristeza que le produjeron esas palabras—. Entonces, ¿ya no quieres ser héroe?

—Pues va a ser que no, Richards, me doy de baja —respondió Miki, cariacontecido.

—Entonces yo sí voy. No vamos a dejar solos a Richards y a El Gordo. ¿Y tú vienes, Danny? —dijo La Sandy, a la que le daba mucha pena dejar tirado a Richards.

—No, yo no. No tener papeles. Yo querer seguir aquí y estudiar. No más aventura.

—Bueno, pues estad preparados vosotros dos. Seremos capaces. Sacaremos a relucir todos nuestros poderes y nadie podrá detenernos. En unos días nos reuniremos aquí los tres y os contaré. Lo haremos cuando caiga la noche.

Según Richards decía esto, Miki salió del Grease sin decir nada ni despedirse.

Canto XIX

La gran aventura

Había llegado el momento. Estaban impacientes porque veían pasar los días y Richards no daba señales de vida. ¿Qué estaría tramando?, se preguntaban La Sandy y El Gordo.

Miki pasó unos días de mala manera. Las dudas respecto a su futuro no le dejaban dormir y, entre el alcohol y los porros, vivía en un continuo desasosiego. Eso de los héroes ya le traía sin cuidado, eran locuras de Cándido. Sin embargo, aquellos personajes que llenaron su vida en estos últimos tiempos eran sus amigos, sí, sus amigos.

Por otra parte, lo que le ofrecía Vivienda Feliz tal vez fuera más irreal que esa amistad, porque: ¿qué era todo el lujo de esas personas que no conocía de nada, en comparación con esto otro? ¿Y los demás?: Mamadou, Miguel, los senegaleses, la gente de Lavapiés. Todos ellos eran reales. Pensaba que tal vez La Sandy tuviera razón cuando dijo aquello de: «No vamos a dejarlos solos».

La maldita decisión. La vida que le metía en disyuntivas difíciles cuando no estaba acostumbrado a decidir.

Mira, tío, —se decía—, que las mujeres y todo eso al final no son más que cuerpos, con sus pechos, culos y demás. Nada de nada. Esto es un no parar. ¡Puf!, ¡qué agobio! ¡Qué difícil todo! —pensaba—. Y ahí seguía dándole vueltas.

Al final, un día apareció Richards en el Grease. Allí estaban El Gordo y La Sandy. Ni señales de Miki.

El plan era ir a la guarida de los villanos y esperar a que hubiese poca gente en la casa, fijándose en quién entraba y salía. Entonces, cuando vieran que había pocos, entrar y, con espráis y la pistola paralizante, reducirles, investigar en toda la casa, encontrar la droga y llamar a Galván.

A cada uno le dio unas instrucciones muy claras de lo que tenía que hacer. Un cometido muy concreto.

—Va a ser muy fácil. Ya veréis. Vamos a actuar como héroes que somos, y para ello tendremos el apoyo de todos los que en la Historia han luchado contra las injusticias. En adelante formaremos parte de esa estirpe —dijo Richards.

Como discurso no estuvo mal, pensó La Sandy, sin embargo, veía que ahí podían quedar los tres muertos. «¡Qué pena!, ahora que había encontrado a su Danny», se decía.

El Gordo aparentemente no pensaba nada y le temblaban las piernas.

Ya entrada la tarde, se dirigieron hasta la guarida y se apostaron en diferentes lugares, sin ser vistos, para controlar la entrada y la salida de personas a la casa.

Pasaron más de tres horas de esa forma, rígidos y atentos, pero ni entraba ni salía ningún villano. Richards empezó a mosquearse y dio orden de reunirse a la vuelta de la esquina.

—Lo mismo no hay nadie. Tenemos que entrar —les dijo.

Todos asintieron. Cuando avanzaban camino de la guarida, vieron aparecer al fondo a Miki, que venía hacia ellos. La mirada de Miki era de tristeza y desolación, les pareció como la de un niño que había hecho una travesura. No hubo palabras, todos lo abrazaron. A Miki casi se le saltan las lágrimas.

—Ahora ya estamos Los 4 Fantásticos. A por ellos —dijo Richards, eufórico.

Llegaron ante la puerta de la valla. El Gordo llevaba una ganzúa con la que esperaban abrirla. Intentó repetidas veces girar la cerradura antes de tirar del picaporte. No cedía. Una y otra vez probó y nada.

—Gordo, ¿tú has usado alguna vez una ganzúa? —le preguntó La Sandy.

—No, qué va, yo no —respondió El Gordo con una cara que daba pena verle.

Las miradas de Richards, La Sandy y Miki cayeron sobre él. Les entraron unas ganas tremendas de darle de tortazos.

Richards fijó su mirada con gran intensidad durante unos segundos en el bombín, mientras los demás no sabían qué hacer, ni lo que estaba pasando. Corría el tiempo y él seguía con sus ojos penetrantes sin moverse, fijos en la cerradura. Después tomó el picaporte con suavidad y, entonces, lo giró sin ningún problema. La puerta se abrió.

—¿Habéis visto? —les susurró satisfecho—. Estos son mis poderes.

La puerta cedió, como por arte de magia. Los tres le miraban con asombro. Si no lo hubieran visto, no lo habrían creído. Entraron y atravesaron el jardín.

A ninguno se les pasó por la cabeza que tal vez el cerrojo no estuviera echado.

La estrategia que habían preparado tendría que seguirse al pie de la letra, sin el mínimo error. Era una acción pensada al milímetro. Se pusieron a ello.

Richards miraba a sus compañeros con ojos inquisitivos. Le costaba mucho imaginarlos como miembros de Los 4 Fantásticos de sus sueños. Le resultaban un poco patéticos. Eran buenos chicos, pero es lo que había. Tal vez más adelante tendría que pensar todo esto con tranquilidad.

Miki sostenía una linterna sin encender, que no se sabía de dónde había sacado, con grandes temblores en sus manos y sudores que le goteaban por las mejillas. El Gordo chupaba una piruleta de fresa y miraba a los demás con cara asustada, sin saber qué hacer. La Sandy, que vestía pantalón ajustado de cuero y chupa negros, se retocaba los labios con un pequeño espejo en la mano, y después intentó ajustarse un botón del pantalón para que le sujetase la barriguita de cincuentona que tanto le preocupaba.

Delante de la puerta de entrada a la casa, de nuevo Richards apuntó con su mirada a la cerradura durante unos segundos. Otra vez sus poderes funcionaron, ocurrió el milagro y esta se abrió también. Penetraron.

El Gordo, temeroso, tomó con fuerza la mano de La Sandy y Miki, a punto de caerse de miedo, cogió del brazo a Richards. De esta guisa, con pasos tambaleantes, entraron los cuatro.

—Miki, enciende ya la linterna esa, ¡joder! —gritó La Sandy, a la vez que le daba una colleja.

La luz rompió con levedad la oscuridad y Richards husmeó circunspecto, con gesto de sabueso, intentando hacerse una idea del lugar en que se encontraban. No sacó ninguna conclusión. Esta vez sus superpoderes no le ayudaban ni su mirada pudo traspasar las paredes. Tampoco La Sandy se hizo invisible y las llamas de Miki se reducían a la tenue luz de la linterna. Un fracaso que, sin embargo, no quebró el ánimo de Richards.

—¡Vale! Aquí no hay nada sospechoso, vámonos ya —dijo Miki, al que esa situación le superaba.

La respuesta de Richards fue un nuevo golpe en el cogote de Miki que resonó en unas paredes desnudas de todo adorno. La Sandy se llevó la mano a la boca, aguantando la risa.

Siguieron caminando a lo largo de un pasillo. Sus lentos pasos los llevaron a otra estancia, alumbrados por la linterna de Miki, que se agarraba a La Sandy. El Gordo ahora masticaba un chicle con nerviosismo, a la vez que hacía pompas, una tras otra, sin parar. De repente A La Sandy le entraron temblores, algo se alojó en su cabeza que le produjo una sensación de pavor y entonces gritó.

—¡Anda! ¡Mira! Aquí estuve yo. Me acuerdo —dijo aterrada.

Al entrar en esa habitación, lo que vio le produjo a Richards un chispazo en el cerebro y le hizo ver con claridad que sus planes habrían de cambiarse de forma tajante. Lo que pensó para esta acción no valía ya de nada.

Eso estaba ahí, esa era la cruda realidad. Y no era lo que esperó encontrar.

Los cuatro, paralizados y sin un parpadeo, contemplaron el cuerpo sin vida de El Trocha en el suelo. Miki contuvo las lágrimas, La Sandy tenía la boca muy abierta, buscando un aire que le permitiese respirar y El Gordo ya no masticaba, porque se había tragado el chicle del tremendo susto y más bien hacía pucheros. Una enorme flatulencia de este los sacó a todos de su parálisis y los bajó a la realidad. Era la reacción normal de El Gordo en estas circunstancias.

—¡Snowflame! —gritó Richards.

—¡El Trocha! —gritó La Sandy.

Richards no daba muestras de excitación. Sabía que los héroes no tiemblan en situaciones como esta. Tenía que dar ejemplo.

Estaba allí. Desnudo, con las manos atadas a la espalda y claras muestras de haber sufrido torturas. A su boca sangrante le faltaban varios dientes y muelas. Los ojos abiertos mostraban una expresión de sorpresa infinita.

—¡Joder! —dijo Miki con su mirada fija en aquellos despojos humanos, con un porro que acababa de encenderse en la mano—. ¡Menuda bromita!, ¿eh? —exclamó con una risita histérica.

—¡Asco de tío! —dijo La Sandy, al recordar lo que ese tipo le hizo pasar hacía poco tiempo.

De inmediato, Richards puso su extrema inteligencia a funcionar y, a mayor velocidad de como lo haría la más potente supercomputadora, repasó miles y miles de combinaciones y posibilidades de cómo actuar. En pocos segundos supo qué hacer.

—Salgamos de aquí echando leches —se le ocurrió decir con un grito ahogado.

Y los otros tres, dándose empujones y aterrorizados, le siguieron en tropel a toda velocidad.

Canto XX

Los lugares de los héroes

Richards, nada más salir de aquella casa y sentirse seguros, telefoneó a Galván y le contó lo que habían descubierto. El comisario en seguida identificó quién era el que le avisaba. Los 4 Fantásticos se quedaron próximos al lugar, ocultos y con la suficiente visibilidad de la entrada de la casa. En no más de diez minutos, dos coches patrulla llegaron a la puerta. Los agentes entraron, ellos esperaron un tiempo y vieron cómo en unos minutos aparecía una ambulancia. ¡Ya han descubierto el fiambre!, dijo La Sandy. Se fueron de inmediato, al mismo tiempo que más policía acudía. Richards pudo ver a Galván saliendo de uno de los coches. Allí ya no pintaban nada.

Al día siguiente, Galván, muy cabreado, llamó a Richards y le pidió que de inmediato se presentaran en comisaría todos los que estuvieron la noche anterior en esa casa. Tenían que tomarles declaración.

Allí se fueron, sabiendo que les iban a freír a preguntas. Se habían puesto de acuerdo en lo que tenían que decir.

—A ver, señora y señores, cuéntenme con precisión lo que pasó y vieron anoche. Esto es una declaración en toda regla y, si precisan de un abogado, me lo hacen saber y le esperamos aquí —dijo Galván.

—No, qué va, nosotros no necesitamos un abogado, si no hemos hecho nada —comenzó La Sandy un tanto aturullada y masticando un chicle que le pasó El Gordo.

Galván la interrumpió.

—Nada, salvo meter las narices donde no les llaman. ¡Menuda locura! ¿Qué se creen jugando a policías?

Las explicaciones de unos y otros fueron un tanto demenciales para los policías. Fernández tomaba notas y no salía de su asombro. Este veía a un tipo muy grande y gordo que no abrió la boca nada más que para dar sus datos y encima, en un momento dado, se tiró un pedo enorme que se extendió de inmediato por el despacho. Otro, el que estuvo en comisaría hace tiempo y no paraba de llorar, no abría la boca. Allí la más suelta era esa mujer que iba vestida un poco rara. Y el más loco era el tal Richards, que no paraba de mirar a Fernández con cara de mala leche. Recordó que lo llamaba Thanos.

Según decían, el individuo que estaba destrozado en esa casa era un supervillano que se llamaba Snow no se sabe qué más, cuando la policía conocía que todos le decían El Trocha. Luego había un buitre por algún lado y unos tipos siniestros que estaban detrás. ¡Una locura todo! Y lo contaba el mismo que hace tiempo hablaba de no sé qué de agujeros, de gusanos, de Einstein y demás cosas raras.

Sin embargo, a Galván le pareció que, dejando aparte esas locuras, las explicaciones eran coherentes con los hechos acaecidos. Si bien no entendía a qué habían ido a esa casa esos cuatro pirados. Lo preguntó.

—Íbamos en busca del almacén de droga de los villanos —respondió Richards.

—¡Coño! O sea que ustedes sabían que allí había esa cantidad de droga que localizamos —dijo Fernández, a quien esta mezcla de locura y lucidez le estaba pareciendo muy extraña.

—¿Qué han encontrado? ¿Unos cuantos puñados? —preguntó La Sandy, ingenua.

—¿Puñados? Unos cientos de kilos, guapa —respondió Fernández.

—¡Ah, claro! Es que Snowflame necesitaba mucha droga. Todo eso debía ser para su consumo propio. Estaba enganchadísimo. Yo le vi esnifar un montón de rayas en un momento. Ese tipo era asqueroso —repuso La Sandy.

—Ah, sí, es verdad. Que usted estuvo secuestrada por ese individuo, ¿no? Por cierto, ¿cómo pudo salir de allí? —preguntó Galván.

—Me salvó mi Danny, mi chico. Es guapísimo. Un cielo —dijo La Sandy, ufana toda ella, mientras retocaba su generoso escote.

—¡Joder!, otro. ¿Y ese quién es? Habrá que hacerle llamar —dijo Galván, mirando a Fernández.

—No creo que venga, porque se ha ido de viaje a Australia y no sé cuándo volverá.

La Sandy no quería involucrar en esto al que ya consideraba su chico. El pobre, sin papeles, podría tener problemas si acudía, pensó. Así que lo mandó lo más lejos que pudo. De forma virtual, claro.

Cuando todos salieron de allí, Richards se quedó algo retrasado y, antes de abandonar el despacho, dijo a Galván con la puerta entreabierta:

—Yo pienso que a Snowflame eso se lo hicieron los suyos, porque nosotros soltamos el bulo a Vivienda Feliz de que trabajaba para ustedes y es evidente que se lo creyeron.

—¿Y por qué dice que era un bulo? —respondió Galván, guiñando un ojo de forma misteriosa, mientras Richards cerraba la puerta.

Richards se quedó intrigado y hecho un lío. A veces es mejor no enterarse de las cosas, pensó.

Pasó un tiempo y nada nuevo ocurría. Richards ignoraba lo que Galván estaba tramando. Lo que estaba claro era que los colombianos abandonaron los narcopisos. Richards y El Gordo dejaron la casa de Miguel, aunque El Gordo pasaba allí mucho tiempo, porque se ofreció a cuidar con frecuencia a los niños cuando sus padres lo necesitaban. Richards también pasaba tiempo en casa de Miguel, jugando al ajedrez y charlando. La orden de desahucio aún pendía sobre las viviendas. Era una especie de espera tensa por lo que pudiera pasar.

Cierto día estaban en el portal, sentados en sendas banquetas, echándose un cigarro y viendo caminar a la gente por la calle. Todo resultaba muy tranquilo.

—Oye, querido Richards, te quería preguntar algo. Dices que eres un héroe y yo me lo creo, aunque no entiendo para qué te vale eso —dijo Miguel.

—Pues es que yo era un don nadie. Como héroe me he sentido otro y de algo os he servido, ¿no? Antes de ser héroe, mi vida era una mierda y no conocía a nadie. Ahora muchos me respetan y tengo amigos. Ahora sé que mi padre estaba equivocado —respondió.

En eso salió la señora del segundo con sus dos niños de la mano. Iban de tiendas.

—Adiós, Miguel y compañía. Hasta luego —les dijo.

—¿Sabes?, María saca adelante a sus hijos limpiando casas. Su marido, alcohólico, la dejó tirada años atrás. Hace malabares para subsistir. ¿Qué te parece? —dijo Miguel.

Richards no decía nada. Un senegalés limpiaba el portal con un cubo y una fregona, y también los saludó.

—¿Te sientes distinto a los senegaleses que nos han sacado de muchos líos? Y atravesaron el Atlántico, donde una gran cantidad muere —siguió Miguel.

—Sí, esos creo que son héroes también, no me engañan —respondió Richards.

—En el tercero hay un chico, ese que siempre lleva un libro, al que sus padres, drogadictos, abandonaron en un hospicio y ahora trabaja e intenta acabar una carrera.

Richards le interrumpió.

—Para, para, para. Pues sí, a lo mejor también son héroes y es que no lo saben. Ya te dije que tú me lo pareces —dijo Richards.

—Mira, majete, aquí hay mucha gente jodida que, sin quererlo, tiene que hacer de héroe y tú no te has enterado. A lo mejor no hay que buscarlos en los cómics —dijo Miguel, riendo.

Richards le daba vueltas y más vueltas a todo eso. Lo que le contaba Miguel le estaba calando y parecía que las cosas se le estaban presentando de otra manera. Hacía tiempo que Reed Richards no se le aparecía en sus ensoñaciones nocturnas. En realidad, tampoco lo echaba mucho en falta.

Miraba a los que le rodeaban y lo que veía era un grupo de mortales que eran sus amigos. En realidad, en su vida no había tenido muchos, más bien ninguno, y ahora sí. ¿Eran héroes?

Un día Galván lo citó en comisaría a Richards. Quería preguntar ciertas cosas y darle alguna información.

—Buenos días, Richards, gracias por venir —le dijo al llegar.

—Usted dirá. No he visto a Fernández en su sitio como otras veces.

—¿Fernández? ¿Ya no le llama Thanos? Ya me estaba usted haciendo dudar de si de verdad era un villano. Hasta le comenzaba a mirar con mala cara —dijo riendo.

—Fernández o Thanos. ¿Qué más da? —contestó Richards.

—Pues sí, ya da lo mismo. Se ha jubilado. La verdad es que me alegro por él y por mí —dijo Galván—. ¡Qué relax siento!

Lo que quería Galván era contarle a Richards lo que habían descubierto. Según imaginaron Los 4 Fantásticos, los colombianos de la droga estaban conectados con Vivienda Feliz, que era una tapadera de unos fondos buitres que operaban desde Estados Unidos. También le dijo que el administrador, Pérez y Pérez, había sido detenido como inductor del asesinato de El Trocha.

—Ja —dijo Richards con satisfacción—. Todo eso ya lo sabíamos nosotros.

—Ya, sin embargo, había que demostrarlo y creo que ahora un juez nos va a dar la razón. A Pérez y Pérez ya se le acabaron esas actividades. Pasará una buena temporada en prisión —dijo Galván, también satisfecho.

—Vale, o sea que por nuestra parte ya hemos acabado —concluyó Richards.

—Espere, espere. Le he hecho llamar para decirle que, cuando se celebre el juicio, tendrán que ir a declarar y contar lo que vieron e hicieron. También algunos vecinos de esas viviendas, porque claramente los de Vivienda Feliz los extorsionaban.

A Richards no le pareció que eso de declarar ante un juez fuera una actividad habitual de los héroes de cómic, aunque entendió que eso formaba parte de su descenso a la realidad y no puso ninguna pega.

Canto XXI

Epílogo

Ha pasado un tiempo durante el que a Richards no se le ha visto por el Grease. Tampoco Miguel sabe de él. Todos le echan de menos y Miki está ya a punto de pasarse por su casa para ver cómo se encuentra. Mamadou, que sigue viviendo con él, les dice que está bien y tranquilo y que no se preocupen. Richards le ha dicho que se dedica a pensar mucho. De hecho, está encerrado en su habitación, aunque ahora sale de vez en cuando. Piensa, piensa y piensa, todo el tiempo, le dijo Mamadou, aunque ignora lo que puede traerse entre manos.

Por fin, un día Richards le dejó a Mamadou un recado. Quería decirles algo importante y los citaba en el Grease.

El día de la reunión, allí estaban todos puntuales.

La Sandy ensayaba con Mamadou unos pasos de baile. Quería que, en algún momento, la canción más famosa de la película la bailaran juntos, igual que lo hacen Olivia y Travolta.

—Va a ser la bomba, un Travolta negro que es como un sol de guapo. La gente va a flipar —decía.

—A ver, Danny, lo vas cogiendo, pero tienes que soltarte más y ponerte más chulito. ¿No te lo he enseñado ya mil veces en la película? Pues igual. Mira la cara de ese Danny y cómo se mueve. Tienes que poner mirada de ligón y caderas para adelante y para atrás, así, uno, dos, uno, dos. ¿No ves?

Mamadou se dejaba llevar. Esta chica era algo explosiva, y él era más tranquilo. Todo eso le parecía muy ajeno. Sin embargo, se veía con ritmo y con ganas de quedar bien con La Sandy. Era muy maja y la adoraba.

—Así, mira, cruza las piernas, contonea la cintura, ¡mírame con chulería! ¡Soy Sandy, coño! —La Sandy se desespera a veces, sin embargo, sabía que sacaría oro de ese cuerpo. Todo era cuestión de paciencia.

Mamadou lo llevaba con mucha filosofía. Estaba a gusto con Sandy, la consideraba una muy buena amiga y se dejaba querer. Estudiaba por las noches y trabajaba para ella. Aceptaba poder ser algún día su pareja de baile y le había convencido de que juntos podían llevar el Grease muy bien, aunque ya le había propuesto meter un toque senegalés en la decoración y en la oferta de bebidas y tapas, de lo que se encargaría él. Ella estaba encantada.

Miki lo observaba todo con una cierta distancia. Se encontraba muy contento porque, si hubiera aceptado aquella propuesta de Pérez y Pérez, lo mismo ahora tendría problemas con la justicia. Tal vez estaría metido hasta los huesos. Se lo debía a los amigos. Y de mujeres… alguna saldrá. Hay una chica en el cuarto piso de esa vivienda que trataban de desalojar que vive sola y que, en cierta ocasión, le había visto una mirada especial hacia él. Antes no identificaba esas cosas. Ahora ha aprendido lo importante que es fijarse en las miradas, más que en el cuerpo.

El Gordo se estaba replanteando su vida. Richards y los demás le habían enseñado mogollón y ahora tenía más seguridad, porque había visto que todo se podía aprender y conseguir. Se sentía capaz de muchas cosas. Va a apuntarse a un módulo de jardinería, que es lo que a él en realidad le gusta.

Estaban todos pensativos cuando apareció Richards. Se le veía muy serio y sereno. Lo abrazaron y los hizo sentar alrededor de una mesa. Ya no llevaba la gabardina ni sombrero ni las gafas de sol.

Había nervios y tensión. No sabían si la historia en la que se habían visto envueltos, afrontando muchos peligros, había finalizado ya o les va a pedir algo más. Expectantes, lo escucharon.

—Mirad, tengo una cosa importante que deciros —ahí se paró y se tomó un tiempo para ver las caras de todos, repasándolos con su mirada, lo habitual.

—¡Jo!, Richards, siempre igual. ¡Suéltalo ya! —dijo La Sandy.

—Quería daros las gracias a todos por vuestro apoyo.

—Vale, Richards. Y qué más, ¿solo era eso? —dijo Miki.

—Bueno, sí, quería aprovechar para deciros que vamos a disolver Los 4 Fantásticos.

—No, no, no —dijeron todos con la boca pequeña, excepto Mamadou, que ya se lo veía venir y entendía que no había otra. Era lo más lógico, ya estaba bien de héroes y villanos.

—Sí. Esto ya no tiene sentido —dijo.

Todos aparentaron quedarse sorprendidos, agacharon la cabeza y comprendieron lo que quería decirles. Era así de simple. No les estaba descubriendo nada.

—Seguiríamos siendo amigos, ¿no? —dijo El Gordo, preocupado.

—Sí, hombre, cómo no vamos a serlo —le dijo Miki con un abrazo.

—Y otra cosa, ya no me llaméis Richards. Yo soy Cándido.

Todos se quedaron con los ojos muy abiertos, mirándole. El Gordo se levantó y le dio un abrazo muy fuerte, de los suyos. La Sandy le lanzó un beso con la mano. Miki levantó su pulgar.

—Seguiremos viéndonos. Yo os necesito. He visto que necesito a la gente y vosotros ahora sois lo más en mi vida —dijo Cándido, aguantando la emoción.

Todos aplaudieron y Mamadou hizo unos pasos del Grease. La Sandy le lanzó un beso.

—Pues, ¡ale!, ya está dicho, y ahora, Sandy, cierra esto que los de la casa esa nos han invitado a una fiesta por no sé qué y nos vamos todos para allá. También se lo he dicho a mi tía Soledad, que mira que lo pasó mal durante este tiempo.

—Lo que digas, Cándido —dijo La Sandy, levantándose para recoger.

Al llegar allí, todo era alegría y fiesta. Habían puesto unas mesas en la calle con viandas y bebidas. Estaban los de la casa y más gente a la que habían invitado. Los senegaleses llevaron platos típicos de su país y cada vecino bajó algo. No era como la fiesta de aquel día tiempo atrás, pero era algo parecido.

Soledad se movía entre unos y otros con un vaso de sidra en la mano. «Me voy a poner chispa», decía entre risas. Invitó también a sus amigas, que sacrificaron su tarde de cine por esta fiesta. Estaba muy satisfecha porque sentía que había recuperado a su sobrino. ¡Qué mal lo había pasado! Ahora lo veía feliz y de eso se dio cuenta desde el momento, hace unos días, en que volvió a tomar al despertar su Cola-Cao con tropezones y el agua de Vichy. Eso le pareció definitivo. Ahora era su Cándido de nuevo.

Miguel, en cuanto lo vio, se echó en sus brazos.

—¡Qué alegría, Richards! Cómo agradecemos vuestra ayuda —le dijo.

—Nosotros también estamos muy contentos. ¡Ah!, y ya no me llames así. A partir de ahora, llámame por mi nombre, Cándido.

—Vale, Cándido. ¡Qué sorpresa! Encantado de conocerte —dijo riendo.

—¿Y qué se celebra?

—¡Ah!, ¿aún no lo sabéis?

Ante la cara de desconocimiento de los cuatro, Miguel les dijo:

—¡Hemos vencido! Gracias a nuestras peticiones en el juzgado y lo que ha ocurrido, la sentencia del juez es revertir la propiedad de este edificio al ayuntamiento. El fondo buitre se queda con las ganas. Seguiremos todos aquí y sin subida en los alquileres.

A la vez que decía esto, todos los vecinos se abrazaban y lo hacían también con ellos cuatro, a la vez que los aplaudían, entusiasmados.

—¿Te acuerdas, Miki, cuando Richards nos prometió que la gente nos aplaudiría? —dijo La Sandy, emocionada.

La fiesta se desarrolló con gran algarabía y música. Todos bailaron , y Miki pudo conocer a la chica del cuarto piso que, por cierto, era muy agradable.

Ya caída la tarde y, cuando la fiesta iba a finalizar, una persona llegó corriendo, se dirigió a Miguel y le gritó:

—Miguel, en una calle del barrio, aquí cerca, la poli está intentando desalojar una vivienda.

Todos se quedaron consternados. Las expresiones eran de asombro y tristeza.

Cándido, La Sandy, El Gordo y Miki, intercambiaron miradas y, sin decirse nada, salieron a todo correr hacia allá. Los vecinos dejaron la fiesta y los siguieron.

> *Los héroes no son siempre los que ganan.*
> *A veces, son los que pierden.*
> *Pero siguen luchando, y siguen aguantando.*
> *No se rinden. Eso es lo que los convierte en héroes.*
> CASSANDRA CLARE

Índice